아무튼, 식물

아무튼, 식물

임이랑

코난북스

차례

나는 지금 내 방에 앉아 있다

나는 지금 내 방에 앉아 있다. 조금 전까지 나는 책의 가장 앞 장에 들어갈 글을 어떻게 써야 할지 고민하고 있었다.

사실 며칠 전 나는 내가 십대 시절부터 집착해온 대상들을 순서대로 나열해두고 '결국 지금 내가 집착하고 있는 것은 식물이오' 하는 글을 써놓았다. 그러나 어제 아침 다시 찬찬히 읽어보니 글이 썩 마음에 들지 않는다. 다시 쓰려고 한다. 다시 쓸 용기가 있어서 다행이다.

오늘은 빗소리에 평소보다 일찍 일어났다. 평소의 나는 열 시에서 열두 시 사이에 일어나는 삶을 살고 있는데, 오늘은 무려 아홉 시에 일어났다. 올해 초에 매트리스를 몸에 꼭 맞는 제품으로 바꾸고 나서 아침에 일어나 침대에 누운 채 꾸물거리는 시간이 훨씬 늘었다. 이것은 행복한 변화이기도 하고 한심한 변화이기도 하다. 조금 한심해도 행복하다면 괜찮다.

눈을 비비고 핸드폰을 켜고 밤새 세상엔 어떤 폭탄이 떨어졌는지, 누가 못난 짓을 했는지, 누가 어디로 여행을 갔는지 여기저기 기웃기웃하다가 오늘의 날짜를 헤아려보고, 빨리 출판사에 글을 하나 보내야 할 텐데… 생각했다. 이불을 박차고 일어나 샤워를 하면서 '나는 지금 내 방에 앉아 있다'로 시작하는 글로 이 책을 열고 싶다는 마음이 들었다.

머리엔 물기가 뚝뚝 흐르지만 급하게 티셔츠를 걸치고 방으로 올라왔다. 거실에서 계단을 열두 개 오르고 나면 방에 들어오는 문이 있다.

보통의 방은 정사각형이거나 직사각형인 경우가 많지만 내 방에는 각도들이 무척 많다. 먼저 천장은 길게 삼등분되어 있다. 지붕의 기울기 때문에 방을 중심으로 양쪽이 비스듬하게 기울어져 방의 가장자리로 갈수록 낮아지는 형태이고, 방의 중간 부분은 적당한 보통의 층고로 바닥과 수평으로 반듯한 모양이다. 방에는 책상이 덩그러니 놓여 있고 책상 옆에는 테라스로 나가는 문, 그 문과 직각으로는 화장실로 들어가는 문이 있다. 그러니 내 방에는 보통의 방보다 두세 배가 넘는 이상한 각들이 존재한다.

처음 이 집을 구경하러 왔을 때는 작은 테라스에 홀랑 넘어가서 이 이상한 각도들이 내 삶을 얼마나 귀찮게 만들지에 대해서는 크게 고민하지 않았다. 저 테라스에서라면 담배를 마음껏 태울 수 있을 것 같아서 좋았다. 가끔 친구들을 초대해 바비큐 파티를 하기에도 좋아 보였다. 햇살 아래서 낮잠을 자도 좋을 것 같았다. 무엇보다 야외 활동을 즐겨 하지 않는 성향인 사람으로서 집 안에서 바로 집 밖으로 나갈 수 있는 공간이 생긴다는 게 좋았다.

'아무도 만나지 않을 수 있는 외부가 존재하다니! 이 집에서 살게 된다면 적어도 하루에 한 번씩은 밖에 나갈 수가 있다!'

그러나 막상 이 집에 이사 온 후로 자연스레 담배를 끊었다. 그리고 테라스에서 고기를 구워 먹기엔 너무 귀찮았다. 그것은 분명 나보다 훨씬 많은 에너지를 지닌 사람들이 할 수 있는 일인 것 같다. 그런 여러 가지 연유로 이제 테라스는 오직 식물들을 위한 공간으로만 이용하고 있다.

지금 내가 앉아 있는 책상 뒤편의 벽에는 아무것도 없다. 앙리 마티스의 컷아웃 작품인 〈새들〉을 캔버스에 프린트해놓은 액자가 걸려 있을 뿐이다. 몇 해 전 겨울 어느 해외 사이트에서 저 그림을 주문했을 때는 당연히 액자에 끼워져 도착할 줄 알았는데, 간단한 지관통에 그림만 달랑 도착해서 매우 놀랐었다. 다행히 그맘때 만삭이던 정인 언니가 한창 목공일에 빠져 있었던지라 언니네 집에 가져가서 뚝딱뚝딱 액자 틀을 만들었다. 나무를 자르고 못을 박으며 액자의 틀을 만드는 일은 생각보다 훨씬 흥미로운 작업이었다. 우리 둘이 낑낑거리며 액자 틀을 만드는 걸 보시던 정인 언니의 엄마는, 미대 출신답게 그림을 판판하게 펴서 프레임에 고정시키는 일을 도맡아 해주시고는 정말 맛있는 떡볶이까지 만들어주셨다. 재미있었던 그날의 기억으로 더 소중해진 액자와, 컴퓨터가 놓인 책상이 이 방에 있는 정물의 전부다.

그렇다고 방이 썰렁하리라고 생각할 필요는 없다. 나는 식물 애호가니까. 방의 나머지 자리는 모조리 식물들이 차지하고 있으니까.

먼저 우리 집에서 키가 제일 큰 휘카스 움베르타가 있다. 이 휘카스는 원래 한국에 오랫동안 산 외국 친구가 키우던 나무였다. 그는 나에게 이 휘카스를 비롯한 나무 몇 그루를 맡기고 본국으로 영영 떠났다. 멀리 떠난 친구를 대신할 휘카스와 커피나무가 생긴 셈이었는데, 그나마 커피나무는 적응하지 못하고 금방 죽어버렸다. 휘카스 옆에는 고무나무가 서 있다. 이 친구는 간접광을 좋아하는 완벽한 실내 식물이다. 하지만 식물에 대해 뭣도 모르던 몇 해전 시들해진 고무나무를 여름 직광에 내놓은 나의 무지한 실수로 요단강을 건널 뻔했다가 꼬챙이 같은 모양새로 목숨만 부지하고 몇 년째 계속 회복 중이다. 그의 회복은 도대체 언제까지 이어질지 정말 궁금하다. 나는 그저 단 두어 시간 그를 직광에 내놓았을 뿐인데, 몇 해가 지났는데도 여전히 볼품없는 모습이다. 그래도 이 고무나무 덕분에 본격적으로 식물을 공부하기 시작했으니 꽤 고마운 인연이기도 하다. 그 앞에는 벌써 7년째 키우고 있는 긴기아난, 핑크색 줄무늬가 매력적인 칼라데아 진저, 브레이니아, 박쥐란과 립살리스 쇼우 등등 수십 종의 식물들이 살고 있다.

그래서 이 방은 썰렁하기보다는 오히려 복잡한 편이다. 책상 위, 화장실 옆, 테라스 앞, 해가 잘 드는 자리와 창문으로 들어온 햇빛이 지나가는 모든 자리에 식물들이 살고 있다. 직광을 좋아하는 식물들은 모두 테라스에 살지만, 실내 식물들 중 일부는 이 방에 산다. 물론 다른 방에도, 거실에도, 부엌에도 식물들이 살고 있다.

보통 나는 이 방에서 요가를 하거나, 글을 쓰거나, 식물을 돌본다. 천장이 특이한 방의 모양새 때문에 오직 방의 가운데에서만 요가를 할 수 있다. 방의 중간으로는 해가 지나가지 않아서 다행이다. 창으로 들어온 햇볕은 방의 가장자리를 따라서만 움직이기 때문에 요가 매트를 펼 때마다 화분 열댓 개를 치우는 상황은 피할 수 있다.

보통의 아침에는 식물들과 노는 편이다. 아침이면 집 안팎의 식물에 물을 주거나 시든 이파리들을 정리한다. 여러 가지 흙을 배합해서 분갈이를 하고 각 흙에 따라 달라지는 식물의 성장세를 구경하는 것도 좋아한다. 지난밤에 어떤 일이 있었건 아침이 오면 늘 똑같은 일을 할 수 있어서 좋다. 이 소소한 일상이 흐트러지지 않을 수 있기를 남몰래 빌기도 한다.

디어클라우드 4집 앨범을 작업 중이던 몇 해 전, 나는 보이지 않는 덫에 걸린 기분으로 살고 있었다. 앨범 작업은 한참 동안이나 진전이 없었다. 우리는 마치 곡이 모래성인 양, 쌓아올리고 무너뜨리고 쌓아올리고 무너뜨리기를 반복했다. 그 앨범을 만들기 위해 꼭 필요한 과정이었지만 그 시기의 나는 확실히 지칠 대로 지쳤으며, 아팠다. 무엇을 봐도 즐겁지 않았고 무엇에도 집중하기 어려웠다. 밥을 먹을 때도 영화를 볼 때도 샤워를 할 때도 아무 이유 없이 쉽게 불안해졌다.

그때의 나는 아주 조금이라도 불편한 자리에는 갈 수가 없었다. 꼭 가야만 한다면 어색하게 선 채로 식은땀을 흘리며 마음속으로는 좋아하는 것들을 떠올리며 그 자리를 견뎌내곤 했다.

이제 와 생각해보면 그 시기의 나에게는 전문가의 도움이 필요했던 것 같다. 불안장애나 우울증이 아니었을까 싶다. 9(나인)은 괴로워하는 내 모습을 옆에서 지켜보고는 나에게 조심스레 정신건강의학과 진료를 권하고 동행해주겠다고 했지만, 나는 늘 아니라고, 더 힘들어지면 가겠다고 거절했다. 병원에 가는 것이 싫거나 정신건강의학과 약물 치료에 대한 선입견이 있어서가 아니었다. 새로운 누군가를 만나기가 괴로웠고, 내 상황을 누군가에게 설명하기도 싫어서 그랬을 뿐이다. 괴로운 정신세계를 위해 노력을 기울이기 싫었다.

외면하고 싶었다. 도망칠 수 있는 데까지 도망치고 싶었다. 나에게 문제가 있다는 사실로부터 힘껏 도망쳐야만 했다. 어떻게든 도망치고 나면 밤이 오니까, 밤이 오고 나면 또 잠으로 도망치곤 했다. 이상한 굴레를 거듭 반복한 시절이었다.

신기하게도 나는 이 시기에 식물에 깊이 매료되었다. 아무 이야기를 하지 않아도 우리는 금방 친구가 되었다. 나를 소개할 필요도 없었고, 스스로를 치장하거나 즐거운 표정을 짓지 않아도 괜찮았다. 식물들은 내가 애정을 쏟은 만큼 정직하게 자라났다. 그 건강한 방식이 나를 기쁘게 만들었다.

무엇에도 집중을 할 수 없는 나였지만, 테라스에 앉아 식물과 놀다 보면 눈 깜짝할 사이에 두어 시간이 훌쩍 지나 있었다. 쉽게 멍해지기도 했다. 머릿속이 생각들로 가득 차서 정신적 과잉 활동에 빠지기 일쑤로 매일을 보내던 내가 식물을 구경하면서 멍해질 수 있다니! 과열된 뇌에 시원한 바람이 부는 순간들이었다. 나는 집에서 먹는 과일의 씨앗을 모조리 씻어서 발아시켜보기도 하고, 마음에 드는 식물을 찾은 날에는 꽃시장에 가서 그 식물을 데려올 요량으로 두근거리며 밤잠을 설치기도 했다. 잘 자다가도 갑자기 보고 싶은 식물이 생각나면 테라스에 나가 손전등을 비추고 한참을 그 식물 옆에 앉아 있기도 했다.

식물에 빠져 지내며 집에는 식물들이 빠르게 늘어갔다. 식물 친구들과 시간을 보내는 동안 나는 나도 모르게 조금씩 나아지고 있었다. 위험한 시기에 좋은 친구들을 만났다. 아주 운이 좋았다. 이제와 곰곰이 생각해보면 그때의 식물에 대한 애정은 위험한 날들로부터 빠져나가기 위해 붙잡은 지푸라기 같은 존재였던 것 같다. 정말로 운이 좋았다(그렇지만 다시 그때로 돌아간다면 식물을 키우는 동시에 병원에도 갈 것이다.)

나는 지금 내 방에 앉아 글을 쓰고 있다.

불과 얼마 전까지만 해도 글이라고는 멜로디에 맞는 가사를 붙이거나 일기를 적는 것이 전부였던 내가 식물들과 관계를 맺으며 이제는 식물들에 대한 글을 쓰게 되었다. 오늘부터 나는 요가를 하고 식물을 돌보는 이 방에 앉아서 식물들과의 이야기를 풀어나갈 것이다. 이 방에 함께 있는 많은 식물 친구들 때문에 집중하기가 쉽지는 않겠지만, 분명 즐거운 작업이 될 것 같다. 흙을 만지다가 한 줄, 시든 이파리를 정리하다가 또 한 줄, 그렇게 자연스럽게 이 책을 완성하고 싶다.

뜻밖의 변화들

계절은 단순한 것이었다. 나는 봄이 싫었다. 이유 없는 짜증이 밀려오면 봄이었다. 더워서 자꾸 차가운 음식을 찾게 되고 집 밖으로 나가기 싫으면 여름이었고, 찬바람에 정신없이 휩쓸리며 불안과 괴로움이 몰아쳐 오면 가을이었다. 겨울엔 이불 속에서 발바닥을 비비며 누워 있는 것이 세상에서 가장 중요한 일처럼 느껴졌다. 계절이 바뀌는 것이 나에게는 대단한 의미가 없었다. 단지 옷을 가볍게 입을지 무겁게 입을지 하는 차이가 있었다. 계절이 바뀐다는 것은 그저 시간이 흐른다는 뜻이었고, 시간이 흐른다는 것은 해낸 것들과 실패한 것들의 명암을 뚜렷하게 드러낼 뿐이었다.

이제는 계절의 의미가 달라졌다. 사계절 온도와 습도 변화에 예민한 식물 친구들을 데리고 살다 보니 그간 어쩜 그렇게 변화에 무덤덤하게 살았나 싶다. 싹이 터져 오르는 봄의 마법에 취하고, 여름의 더위에 어떤 이유가 있는지 알게 되었다. 가을의 냄새와 겨울의 질감이 무엇이고 어찌 그리 신비로운지 온전히 느끼기 시작했다.

가드너에게는 비와 바람, 온도와 습도가 중요하다. 하루에도 몇 번씩이나 일기예보를 확인하게 된다. '기상청 소풍 날 비 온다'는 우스갯소리처럼 기

상청이 내놓는 일기예보는 빗나가기 십상이기 때문
에 내 핸드폰에는 날씨 어플이 세 종류 설치되어 있
다. 어플마다 기상 정보의 출처가 다르기에 각각 다
른 예보를 내놓는다. 어떤 어플에서는 비가 온다고
하는데 다른 어플에서는 해가 뜬다고 하는 날도 있
다. 매일 날씨 어플들을 열어 정보를 비교해가며 나
만의 평균치를 만들고, 그에 따라 테라스에 사는 식
물들의 안위를 챙기는 것이 나에겐 하루를 이루는
중요한 루틴이다.

　　지난봄 어느 날 갑자기 우박이 내리기 시작했
다. 다행히 집에서 쉬고 있던 날의 오후였다. 타닥타
닥, 뭔가 부딪히는 소리에 놀라 창문을 열어 보니 새
끼손톱만 한 우박들이 떨어지고 있었다. 가슴이 철
렁 내려앉아 후다닥 테라스로 뛰어 올라갔다. 우박
에 맞은 목덜미가 따끔거렸다. 이파리가 얇아서 다
치기 쉬운 식물들부터 집 안으로 대피시키기 시작했
다. 작은 화분부터 시작해서 처음 몇 개 옮기는 일은
식은 죽 먹기였다.

　　그러나 바람이 더 강하게 불기 시작하고, 더 큰
화분들이 아직 테라스에 남아 있고, 마음은 점점 더
급해지고, 미끄러지고 넘어지고, 옷 속으로 우박이
튀어 들어가고, 난리가 났다. 영차영차 헉헉거리며

화분을 반 정도 집 안으로 들이고 나니 우박은 뚝 그쳤다. 어째서 나는 내 상상 속에서처럼 우아한 가드닝을 할 수 없는 걸까, 왜 늘 혼자 시트콤을 찍게 되는 걸까.

기진맥진해서 바닥에 주저앉아 찬찬히 살펴보니 다행히 먼저 구해낸 식물들은 별 피해가 없다. 레몬나무의 이파리 몇 장이 우박에 뚫려 조금 흉해지기는 했지만 비교적 빨리 자라는 나무라 다행이다. 농작물에 피해라도 갈까 봐 이리 뛰고 저리 뛰는 농부의 마음을 닮은 오후였다.

테라스에 식물들을 내놓고 키우면서부터 나는 비를 좋아하게 되었다. 번개가 치는 날에는 비에 질소가 풍부하게 담겨 있다고 한다. 질소는 비료의 훌륭한 원료로 사용되기 때문에 식물 애호가들은 비를 보약이라고 부르기도 한다. 돈 주고 사서라도 식물에게 뿌려줄 영양분이 하늘에서 내리니 비 오는 날이 반가울 수밖에.

비가 많이 오는 날엔 온 집 안의 빈 통들을 모아다가 빗물을 받는다. 언제부터 집에 있었는지 본래 용도가 무엇이었는지 알 수 없는 스테인리스 대야들과 버킷들은 물론이고 잘 안 쓰는 화분 받침, 입구가 좁은 화병까지 테라스로 입장한다. 온갖 그릇들을 테라스 바닥에 있는 대로 늘어놓고 온몸을 흠뻑 적셔가며 빗물을 받다가 문득 정신을 차린다. 바닥에 널브러진 그릇들과 나의 모습이 궁상맞기 짝이 없다. 나는 왜 이렇게까지 극성일까. 물론 좋은 것을 주고 싶은 욕심이다. 그리고 수돗물을 줄 때보다 빗물을 줄 때 식물들이 더 기뻐 보인다고 믿는 나의 망상 때문이다. 비가 찔끔 오는 날엔 아쉽고, 비가 한없이 내리는 장마엔 물을 많이 좋아하지 않는 식물들이 걱정이다. 비가 화분을 흠뻑 적시고 적당한 순간에 그쳐주는 날이 좋다. 그렇게 적당한 날은 흔치 않지만 말이다. 비는 늘 모자라게 찔끔 오고 말거나, 넘치게 쏟아지곤 한다.

내리는 비뿐만 아니라 나에게도 적당함이란 언제나 지키기 어려운 선이다. 단단하게 잡고 있던 머릿속 끈이 살짝만 느슨해지면 적당함을 놓쳐버린다. 바짝 긴장하고 있지 않으면 금방 적당함을 벗어나는 실수를 하게 된다. 담백한 사람 앞에서 살짝 질척하게 굴기도 하고, 따뜻한 사람의 온도에 맞추지 못하고 냉하게 돌아서기도 한다. '아차 실수다!' 알아차리지만, 너무 늦었다. 적당하지 못한 죄로 관계는 쉽게 고장 난다. 고칠 에너지가 남아 있는 관계라면 다행이지만, 고장 나면 그냥 포기하고 돌아서게 되는 일이 점점 많아진다.

　한번은 며칠 동안 쉬지 않고 장맛비가 쏟아진 적이 있다. 도무지 그칠 기미가 보이지 않았다. 물을 많이 좋아하지 않는 식물들을 테라스에서 구출해 집 안으로 들여왔다. 온종일 에어서큘레이터를 틀어가며 한참 동안 젖어 지내던 식물들을 말렸다. 아직 밖에 남은 식물들이 걱정이었지만 밤 늦게까지 비는 멈추지 않았다.

　다음 날 아침 창밖을 내다보니 빗줄기가 드디어 잦아들었기에 얼른 식물들을 만나러 나갔다. 흙이 튀고 흘러넘쳐서 화분이고 테라스고 온통 엉망진창이었지만 식물들은 한층 자라 있었다. 순정만화 속 한 장면을 보는 것 같은 기분이 들었다. 배경은 반짝이고, 흠뻑 젖은 주인공이 '안녕?' 하며 수줍게 웃는 그런 장면. 과습이 올까 봐 걱정했던 나의 마음은 기우였다.

　그런데 테라스 바닥에 낯선 갈색 줄이 보였다. 꽤 굵직하고 긴 줄이었다.

　'어 저게 뭐지…. 비바람에 휩쓸려 어딘가에서 노끈이 날아왔나?'

　가까이 다가서는 순간, 꿈틀!

'악! 아아아악!!!!!!!!!!!!!!!!'

딱 보기에도 엄청 건강해 보이는 지렁이 한 마리가 활발하게 꿈틀거리면서 집 쪽을 향해 오고 있었다. 내가 전속력으로 도망쳐도 나를 따라잡아 내 다리를 기어오를 것만 같았다. 저 정도로 큰 지렁이라면 분명 금방 다리를 휘감고 배를 지나 목덜미까지 올라올 것이다. 목을 칭칭 감아 호흡 곤란을 일으키는 동시에 내 귓속으로까지 들어갈 것이다. 물론 그런 일은 일어나지 않았다.

'비가 그쳤으니 다시 흙으로 돌려보내지 않으면 지렁이가 햇볕에 금방 말라 죽어버리겠지. 지렁이가 죽고 나면 사체가 남겠지. 저대로 오랫동안 그냥 두면 말라비틀어지겠지. 결국 그 사체는 내가 치워야 하겠지. 아, 살아 있는 지렁이를 텃밭으로 던져 돌려보낼 것인가, 그냥 뒀다가 죽은 지렁이를 치울 것인가.'

결정을 내려야 하는 순간이다. 이미 해가 나기 시작했고, 여름의 태양 아래 타일 바닥은 금세 마른다. 너무 늦게 움직이면 지렁이는 죽음을 맞이하게 될 것이다. 이러지도 저러지도 못하고 지렁이 근처를 한참 서성이다 큰 결심을 했다. 숨을 멈추고 조심히 지렁이를 쓰레받기에 올려 담아 텃밭으로 던졌다. 성공이다! 비로소 나는 이 시대의 진정한 가드너로 거듭난 것이다!

비와 함께 하늘에서 떨어진 것이 아니라면 지렁이는 아마도 내 텃밭의 오랜 주민이자 텃밭의 수호자일 것이다. 며칠간 비가 내리니 텃밭을 벗어나 한 번도 밟아본 적 없는 미지의 땅으로 내려온 것이었겠지(지렁이니까 '기어본 적 없는 미지의 땅'이라고 표현해야 맞는 걸까.) 그간 내가 흙 위의 사정을 관리할 동안 지렁이는 흙 아래의 사정을 관리해왔을 것이다.

'지렁 선생님, 손바닥만 한 텃밭을 비옥하게 해주셔서 정말 감사합니다. 그렇지만 우리 서로 다시는 만나지 않는 편이 좋겠습니다.'

눈앞에 나타난 지렁이 때문에 엄청 놀랐지만 나는 그날 지렁이를 버려두지 않고 텃밭으로 돌려보낸 후 의외로 자신감이 생겼다. 더 이상 예전처럼 호들갑을 떨 정도로 지렁이나 벌레들이 무섭지 않았다. 내 손에 닿지 않고 내 몸에 기어오르지만 않는다면 바퀴벌레를 제외한 거의 모든 곤충을 견딜 수 있게 되었다.

꽃시장에서 사 온 식물들의 분갈이를 하다 보면 꽤 많은 벌레를 마주하게 된다. 물을 좋아하는 식물일수록 화분 속에 서식하는 벌레의 종류와 숫자가 월등하게 많다. 그래서 처음 집으로 데려온 식물은 늘 화장실에 두고 집 안에 살고 있는 식물들과 격리 조치를 취했다가, 분갈이를 마친 후 벌레가 없다는 확신이 들고서야 집 안으로 들이는 편이다. 해충으로부터 식물을 보호하려면 첫째도 예방, 둘째도 예방이다.

실외에서 키우는 식물들은 뿌리와 줄기, 이파리가 실내 식물들보다 튼튼하게 자라는 편이라 비교적 병충해에 더 강하다. 물론 식물에 병이 들었을 때는 약을 쓰거나 벌레를 잡아가며 빠르게 조치를 취하는 것이 가장 좋은 방법이지만 실외 식물들은 스스로 병을 이겨내고 더 강해지기도 한다. 온종일 뜨거운 햇살을 받고 시원한 바람을 맞는 것이 그들에게 스스로를 지키는 데 필요한 에너지를 주는 것이리라.

반면 집 안에서 키우는 식물은 한번 병충해가 생겼는데 손쓰지 않고 두면 순식간에 다른 식물들로 옮겨가며 온 집안 식물이 피해를 보게 될 수도 있다. 반려동물이나 어린아이가 함께 살고 있는 경우라면 독한 약을 쓰기도 조심스러우니 일단 예방을 철저히 하고 식물에 문제가 생겼을 때 가능한 한 빠르게 손을 써야 한다.

집 안에서 습한 상태로 오래 방치된 화분에는 뿌리파리가 쉽게 생긴다. 뿌리파리가 생기면 열심히 화분을 말리고 날아다니는 날벌레들을 손으로 잡는다. 아주 작은 진딧물이 이파리 뒤쪽에 붙어 있을 때는 면봉으로 잡아서 버리고, 이파리가 다치지 않을 정도의 압력으로 이파리 앞뒤를 골고루 씻어준다. 응애의 경우도 마찬가지다. 이름은 귀엽지만 응애 피해를 입은 식물들은 이파리가 하얗게 탈색되고 얇은 거미줄 같은 것이 잔뜩 생긴다. 영양분을 응애에게 모두 빼앗겨 식물이 시들어버리기 전에 조치를 취해야 한다. 거미줄을 치우고 샤워를 시킨다. 약을 치지 않고 해충을 무찌르는 데는 꽤 많은 정성이 필요하다.

나에게는 병충해에 사용하려고 종로 농약사에서 사놓은 농약 한 병이 있다. 사 온 지 2년이 지난 지금까지 뚜껑을 열지 못하고 있다. 매우 부자연스러운 하늘색이라 세상 그 어떤 벌레도 바로 죽일 것 같이 생겼는데, 막상 쓰려고 마음먹을 때마다 겁이 나서 주춤하게 된다.

하늘색 고독성 농약은 무섭지만 그렇다고 아예 약을 쓰지 않기는 힘들다. 나는 사람을 비롯한 온혈 동물에게는 아무런 피해를 주지 않는다는 저독성

살충제 비오킬을 대용량으로 사놓고 병충해 입은 식물들에게 사용하기도 한다. 저독성인 만큼 드라마틱한 효과를 보기는 힘들다. 왼손은 도울 뿐. 과연 언젠가 농약상에서 사 온 저 하늘색 고독성 농약의 뚜껑을 열게 될 날이 올까? 유통기한은 아직도 2년이나 남았다. 마음을 굳게 먹기까지 남은 시간이 아직은 충분하다.

한창 요가에 빠져 지낼 때는 내 집에 들어온 개미 한 마리도 죽이지 않겠다고 다짐했었는데, 다짐은 무너진 지 이미 오래다. 눈에 불을 켜고 화분을 뒤지며 진딧물과 응애와 뿌리파리를 맨손으로 참 많이도 잡았다. 어차피 다들 개미보다 작은 해충들이니까 그냥 그 다짐을 아직 실천하고 있다고 퉁쳐버릴까….

곤충의 세계엔 내 식물을 빨아 먹거나 나를 빨아 먹는 해충이 존재한다. 그러나 모든 벌레가 해충은 아니다. 다행히 익충도 존재한다. 누가 나에게 제일 좋아하는 곤충이 뭐냐고 묻는다면 나는 0.1초도 망설이지 않고 대답할 것이다.

"벌!"

나는 벌이 정말 좋다. 벌의 엉덩이가 줄무늬

인 것이 좋고, 벌의 날개 소리도 좋다. 벌들이 좋아서 서울에서 양봉을 할 수 있는지 찾아보기도 했다. 불가능한 일은 아니었는데, 까딱하다간 주변에 매우 큰 민폐를 끼치는 일이 될 것 같아 포기했다. 내가 하고 싶은 많은 일이 '서울'이라는 걸림돌에 걸려서 고꾸라진다. 그래도 여전히 서울을 포기할 마음이 전혀 생기지 않는 걸 보면 도시가 어지간히도 좋은 모양이다.

하루는 테라스 바닥에 벌 한 마리가 꼼짝 않고 누워 있었다. 벌은 이미 죽은 것 같아 보였다. 그런데 치우려다가 다시 자세히 보니 벌은 아주 미세하게 움직이고 있었다. 머리 몸통 다리 날개는 모두 멀쩡해 보였다.

어디선가 설탕물을 한 방울 먹이면 탈진한 벌이 다시 살아난다는 이야기를 읽은 기억이 났다. 빨리 움직여야 했다. 급하게 티스푼에 설탕을 담고 물을 적셔서 벌의 얼굴 앞에 두었다. 신기한 일이 벌어졌다. 벌은 마치 냄새를 맡는다는 듯 더듬이를 까딱까딱 움직이고는 설탕물을 마시기 시작했다. 그러고 한참을 쉬었다가 날아갔다. 벌이 살아나서, 벌을 살려서 정말 기뻤다. 그날 오후의 짧은 해프닝은 그해 내게 일어난 제일 큰 기쁨 중 하나가 되었다.

봄과 여름에는 벌들이 테라스로 잔뜩 놀러 온다. 화분 받침에 물이 찰랑하게 고이도록 두고 물 구멍으로 물을 끌어올리게 저면 관수로 키우는 식물들이 있다. 테라스 문을 열고 나갈 때마다 매번 벌들이 그 받침에 옹기종기 모여 앉아 물을 마시고 있는 모습을 볼 수 있다. 어떤 날엔 홀로 물을 마시고 있는 벌이 있고, 다른 날엔 두 마리 세 마리가 함께 찾아와서 물을 마시기도 한다. 벌들은 그 줄무늬 엉덩이를 들썩이며 한참 물을 마시고 나면 30센티미터쯤 날아오른다. 그러고는 나와 눈을 마주치려는지 공중에서 잠시 멈춰 날갯짓을 하고서 다시 어딘가 멀리로 날아간다.

벌들 중 단 한 마리도 나에게 공격적으로 굴지 않는다. 벌들은 내가 같은 공간에 존재한다는 사실에 별 위협을 느끼지 않는 모양이다. 벌들은 벌들대로, 나는 나대로 자기 볼일을 본다. 나는 가끔 생각한다. 혹시 설탕물을 먹고 살아난 벌이 벌들의 왕국으로 돌아가서 그 집은 안전하며 그 사람이라면 믿어도 괜찮다고 소문을 퍼트린 게 아닐까. 내가 생명의 은인이라고 모두에게 말했을 수도 있다. 벌들의 신뢰를 받고 있다고 착각하며 혼자 즐거워한다. 믿음에 답하고자 벌들이 계속 물을 마시러 올 수 있도록 절대 화분 받침에 물이 마르게 두는 법이 없다.
가드닝의 즐거움과 함께 작은 벌들을 구경하는 즐거
움도 느끼며 살아간다.

물 주기 3년

초보 가드너들이 식물을 죽이는 가장 흔한 이유는 과습이다. '일주일에 몇 번 물 주세요' 하는 말을 무작정 따르다 보면 식물은 서서히 익사하게 된다. 동물에 비유하자면 마치 먹은 음식이 완전히 소화되기도 전에 더 많은 음식을 억지로 계속 입에 밀어 넣는 꼴과 같다. 흙의 상태를 파악하고 흙이 적당히 말랐을 때 물을 줘야 식물 뿌리가 건강하게 자란다.

그래서 '물 주기 3년'이라는 말이 있다. 식물에게 제때 바르게 물을 주기까지 3년의 시행착오가 필요하다는 뜻이다. 물 주기는 단순해 보이지만, 일단 잘하기로 마음먹으면 꽤 복잡해진다. 여러 정보를 종합해 적당히 물을 줘야 식물이 오래도록 건강할 수 있다. 그리고 '적당'이라는 건 언제나 어렵다. 식물들은 흙 속에 뿌리를 두고 살기 때문에 한낱 인간이 흙 속에 숨은 적당선을 찾기란 쉽지 않다. 모든 식물에게 적당함이 다 다르다는 사실까지 더해지면서 '적당'은 더 어려워진다. 단순히 이론적 지식만으로는 해낼 수 없는 일이 바로 물 주기다. '화분 가장자리 흙을 손가락 한 마디만큼 파보고 흙이 말랐을 때 물을 주면 좋다'던데, 그래서 그 한 마디가 엄지손가락 한 마디인지 새끼손가락 한 마디인지를 알려주는 곳은 없다.

그래도 실낱같은 희망이 있다. 우리는 처음부터 직접 모든 것을 공부하고 체험해가며 천천히 경험을 쌓을 것인지, 스마트폰이 알려주는 수치를 보고 화분을 돌볼 것인지 선택할 수 있게 되었다. 스마트 화분 감지기들이 생겨났기 때문이다. 얇고 긴 탐지 장치를 화분에 꽂아두면 토양 상태를 감지해 조도와 수분의 정도, 적절한 온도, 비료가 필요한지 여부까지 진단하고 핸드폰으로 각 화분의 상태를 체크할 수 있다. 21세기에 살고 있음을 실감한다.

그러나 아무리 스마트 화분 감지기들이 발달해도 화분을 돌보는 데 절댓값이 될 수준은 아니다. 가이드라인이라고 생각하고 따르는 편이다. 같은 식물이라도 생육 조건에 따라 물 주기는 매우 달라지기 때문이다.

3년 전부터 나는 동글동글 이파리가 귀여운 필레아 페페로미오이데스라는 식물과 함께 살고 있다. 같은 모체에서 자라난 필레아를 거실과 테라스에서 각각 다른 수형으로 키우고 있는 중이다. 거실의 필레아는 봄, 여름, 가을 동안은 일주일에서 열흘에 한 번 물을 마신다. 작고 동그란 이파리를 올리며 자란다. 조용한 막냇동생 같은 이미지다. 테라스의 필레아는 이틀에 한 번씩 물을 꿀꺽꿀꺽 잘도 마신다. 한

여름엔 매일 물을 줘야 한다. 테라스의 필레아는 거실의 필레아보다 이파리가 세 배는 크고 두껍다. 목대도 훨씬 튼튼하다. 꼭 운동선수 같다. 일조량이 풍부한 곳에서 온종일 바람을 맞고 서 있는 친구들의 뿌리가 더 활발하게 물을 끌어올리고, 순환과 성장이 빠르다.

〈그 여자 작사 그 남자 작곡〉이라는 영화가 있다. 영화 속에서 드류 베리모어는 여러 아르바이트로 생계를 이어가는 사랑스러운 작가 지망생이다. 드류 베리모어는 친구를 대신해 휴 그랜트의 화초에 물을 주는 일을 맡는다. 영화가 전개될수록 둘 사이에는 노래와 감정이 함께 자라난다. 어느 장면에서 드류 베리모어는 휴 그랜트와 대화 나누는 데 정신이 팔려 화분에 물을 콸콸 부어버린다. 휴 그랜트가 드류를 말리며 그 장면은 대수롭지 않게 지나간다.

영화를 끝까지 보고 지금까지 두 가지 감상이 남아 있다. 곡을 만들고 가사를 붙이기를 연기하는 장면은 보기가 힘들다는 것 그리고 화분에 물을 콸콸 부어버리던 장면이 어쩐지 거슬린다는 것.

나는 뮤지컬 영화나 음악 영화를 싫어한다. 아무리 훌륭한 작품이라도 보는 내내 마음이 편치 않다. 관객들에게 보여주고자 하는 장면보다 음악적인 디테일에 더 눈이 가기 때문에 잡생각만 많아진다. 아무래도 직업병이겠지.

그리고 음악적인 내용이 주를 이루는 장면과 별개로 드류 베리모어가 화분에 물을 부어주던 그 짧은 장면에서 나도 모르게 '화분의 권리'를 생각하게 된다. 아마존에서 대책 없이 벌채되는 나무 수십만 그루를 걱정하는 것도 아니고, 불법으로 채취당하는 희귀 식물을 걱정하는 것도 아니었다. 나는 정말이지 영화에 나오는 식물의 권리까지 생각하는 사람이고 싶지는 않았다. 그러나 이미 옳지 않다고 느끼는 것들에 대해서는 까탈스러운 사람이 된 걸 어쩌겠는가.

식물들과 함께 살기 시작하면서 꾸준히 식물의 권리와 자율성에 대한 고민을 하게 되었다. 간혹 식물이 똑바르게 서 있을 수 있도록 지지대를 꽂아주거나, 잔가지들을 자르며 보기 좋은 모양을 만든다. 그냥 두면 끝도 없이 자라나서 내 집 안에 둘 수 없을 만큼 거대해질 식물들의 생장점을 잘라 나무의 한계점을 정하기도 하고, 삐뚤게 자랄까 봐 분재 철사로 몸통을 꽁꽁 감기도 한다. 내가 식물에 가위를 대는 정도는 전체적인 크기와 틀을 정하는 선에 머무르지만, 세상에는 '분재'라는 방식으로 식물을 기르는 사람들도 있다. 나무의 성장을 제한하여 크게 자라지 못하게 하면서 구미에 맞는 모양으로 기르는 것이다. 나무의 의지대로는 1밀리미터도 자라지 못하게 가지란 가지는 꽁꽁 싸매고 일부러 비틀고 꼬아 모양을 만들어내는 것이 너무 가학적으로 보인다. 전족과 다를 바가 없는 행위라는 생각이 들어서 분재 박물관에 갔다가 견디지 못하고 뛰쳐나온 적이 있다.

그렇게 과거의 나는 분명 분재가 식물 학대의 범주에 속하는 일이라고 생각하며 분재를 예술이라고 부르는 사람들을 전혀 이해할 수 없었다. 그러나 이제 와서는 사람이 식물 생장에 관여하는 것이 어느 선까지 괜찮고 어느 선부터 괜찮지 않은지에 대해서 마음속에 회색 지대로 두고 있다.

'혹시 사람 손에 들어와 작은 화분에 담긴 채로 사람이 원하는 모양으로 자라게 하는 것 자체가 학대는 아닐까?' 하는 복잡한 마음에 빠졌다. 마다가스카르가 고향인 바오밥 나무부터 태국이 고향인 고사리들까지 각각 자기가 가장 잘 자랄 수 있는 환경을 벗어나 내 손에서 자라나게 된다는 사실 자체가 고통이 되는 건 아닐까 하는 생각이 들어서 마음이 복잡해졌다.

이윽고 나는 식물도 통증을 느끼는지, 식물에게 번식과 죽음은 어떤 의미가 있는지를 다룬 연구 결과들을 찾아보며 식물의 권리에 대해서도 좀 더 심도 있는 고민을 시작했다. 일단 식물의 통증에 대한 부분은 생각보다 간단하게 정리할 수 있었다. 식물은 통증을 느끼기보다는 통증에 반응하는 편이라고 한다. 위스콘신 주립대학의 식물학자 사이먼 길로이 박사 연구팀에 따르면 식물의 잎이 애벌레에게 먹히면 인근의 부위에서 초속 1밀리미터 속도로 방어 신호를 보내 몇 분 만에 멀리에 있는 잎까지 위험을 전달한다고 한다.

그러나 동물들이 느끼는 통증과 식물들이 느끼는 통증은 다르다. 중추신경계를 통해 통증에 반응하는 동물의 삶과 신경계가 없는 식물의 삶에 같은 무게를 부여하려는 나의 식물 중심적 사고방식을 멈추기로 했다.

식물의 통증에 대한 생각을 정리하고 나서, 식물의 권리에 대한 부분은 아베팔마스 센터라는 식물 보호 단체에서 만든 「세계 식물 권리 선언」을 읽고 마음속에 존재하던 몇 가지 애매함을 정리할 수 있었다. 그중 11조 내용은 이렇다.

'영양, 의료 및 관상용, 기타 필요한
모든 식물을 보호, 육성하며 식물을 동물과
곤충으로부터 보호해 환경이 피해를 입지 않도록
한다.'

그래, 너희의 고향이 어디든 어떤 기질의 식물
이든 최대한 생육 조건을 지키려고 노력하면서 보
호, 육성할게.

거실에 앉아 책을 읽는다. 책의 네모반듯한 모
양새가 좋다. 종이 냄새 또한 좋다. 책의 무게가 딱
적당하고 안정감 있다. 한 장 한 장 종이가 손에 닿
는 감촉이 좋다. 까슬까슬하지만 친절한 느낌. 그 냄
새와 무게와 질감 때문에 아직 전자책을 시작하지
못했다. 그러나 손 뻗으면 닿는 곳에 아이패드와 노
트북, 핸드폰이 있다. 진득하게 집중해서 책을 읽기
가 쉽지 않다. 나는 역시 금방 산만해지고 만다. 그
런데 나의 집중을 흩트린 건 애초에 경계했던 전자
기기들이 아니라 화분이다.
　지난달에 분갈이를 해둔 이후로 분갈이 몸살
중인 아레카야자 화분에 손을 푹 찔러 넣고 말았다.
식물에 대한 애정이 넘쳐나서 자꾸 화분에 물을 부

어주다가 결국 과습으로 식물들을 죽이던 시기에 야자를 데려왔다. 화원이나 식물 가게에서는 아레카야자처럼 크기가 큰 식물들을 심을 때 화분 안에 스티로폼을 넣는다. 뭣 모르던 시절에 흙 속에 든 스티로폼을 보고 얼마나 억울했는지 모른다.

'아이고 내가 사기를 당했구나, 흙 값이 아까워서 화분에 스티로폼을 넣는 장사꾼에게 당했네.'

알고 보니 큰 화분 속에 스티로폼을 넣는 데는 사실 합리적인 이유가 있었다. 스티로폼은 무게가 가볍고 배수도 잘 되고 뿌리를 숨 쉬게 할뿐더러 쉽게 부식되지도 않는다. 게다가 가격까지 저렴해 스티로폼은 나름 우수한 충전재로 널리 쓰인다.

그렇지만 아레카야자를 한참 키우다 보니 분갈이를 해줘야 할 시기가 왔고, 뿌리와 엉킨 스티로폼을 잘라내고 적당히 분리하느라 한참 애를 먹었다. 아무리 스티로폼이 우수한 충전재라고 해도 내 화분 안에 넣고 싶지는 않다. 아레카야자 입장에서 생각해보자면 온통 중심을 흔들리고 뿌리가 뜯겨버렸으니 분갈이 몸살을 하지 않을 수 없는 이사였다.

그런 친구가 곁에 있으니 여간 마음이 쓰이는 게 아니다. 그래선지 가끔 뇌를 거치지 않고 손이 곧장 흙으로 향한다. 손가락에 흙이 잔뜩 묻었으니 손을 씻어야 한다. 차라리 아이패드를 건드렸으면 소파에서 일어설 필요는 없었을 텐데…. 그래도 천만다행이다. 아레카야자는 살아남을 것이다.

커다란 도기 화분이 흉물스러워서 시작한 이사였는데 너무 괴롭혀서 미안한 마음이 든다. 아레카야자 같은 중대형 식물들을 판매할 때 대부분의 사람들은 도기 화분을 선호한다. 새로 개업한 가게 앞을 지날 때면 늘 도기 화분에 담긴 식물들이 죽 늘어서 있다. 물 빠짐이 좋지 않고 무게가 꽤 나가는 편이지만, 가격이 비교적 저렴하고 무난해서 많이 사용된다.

나는 아레카야자를 토분으로 옮긴다. 가드너들 사이에서 가장 호불호가 갈리는 화분이 바로 토분이다. 다른 화분들이 위아래로만 물과 공기를 움직이는 것에 비해 몸체로도 공기가 통하는 토분은 뿌리를 말리기에 매우 유리한 화분이다. 무겁고 쉽게 깨진다는 단점이 있지만, 실내에서는 화분에 물이 너무 오래 정체되어 있지 않도록 도와주는 쪽이 식물 생장에 유리하다.

토분을 일정 기간 이상 사용하다 보면 백화 현상이라는 얼룩이 생긴다. 백화 현상은 화분이 숨을 쉬다 보니 흙과 화분에 있는 염류와 비료 성분이 화분 밖 표면으로 나와 쌓이는 현상이다. 이를 자연스럽게 여겨 좋아하는 사람들도 있고, 지저분하다고 싫어하는 사람들도 있다. 많이 쓰이는 플라스틱 화분이나 도기 화분, 토분을 제외하고도 유리 화분, 나무 화분, 시멘트 화분 등 재질에 따라 여러 화분이 존재한다. 어떤 화분에 어떤 식물을 심을 것인지는 취향의 문제이지만, 식물의 생사와도 밀접한 관계가 있다. 식물 친구들이 많이 생기기 전에는 화분을 살 때 색깔이나 형태에 따라 결정했지만, 그보다 더 중요한 분류가 있다는 것을 배웠다.

흙도 마찬가지다. 흙, 자갈, 돌멩이 정도의 분류로 존재하던 것들이 이제는 수십 가지 각기 다른 이름과 특징으로 머릿속에 저장되어 있다. 일반 상토를 기본으로 구비해두고 동생사, 녹소토, 펄라이트, 숯겨, 마사토, 난석을 적절히 배합해 식물에 맞는 흙을 쓴다.

나는 흙을 가볍게 써서 물이 빨리 마르도록 하고 금방 또 물을 부어주는 걸 좋아한다. 물이 마르기 좋은 토분에 식물을 담아두고 흙까지 가볍게 쓰면 확실히 손이 많이 가기는 하지만 여러 시행착오를 거쳐 얻은 나와 가장 잘 맞는 방법이다. 이렇게 하면 이파리도 줄기도 금방 자란다. 물을 충분히 머금고

통통해질 대로 통통해진 이파리들이 좋다. 나와 기질이 다른 가드너들은 흙을 무겁게 쓰거나 물을 매우 아끼기도 한다. 겨우 아름다움을 유지할 수 있을 만큼 물을 주면서 꼭 적당한 만큼만 해를 보여준다. 이렇게 자라난 식물들은 예민한 선을 가지고 있다. 여기에도 역시 옳고 그른 것은 없다. 취향의 문제일 뿐이다. 선이 얇고 예민한 식물에겐 그만의 매력이 있고, 줄기가 두껍고 튼튼하게 자라난 식물도 그만의 매력이 있다. 어떻게 사는지에 따라 모양과 순환 체계가 달라지는 것은 당연한 일이다.

초보 시절엔 흙을 돈 주고 사려니 어색했다. 지천에 널린 게 흙인데 산이나 들에서 한 삽 퍼 와서 쓰면 안 되는 걸까 궁금했다. 알고 보니 땅에서 퍼 올린 흙 속에는 수많은 벌레와 세균이 존재하기 때문에 집 안에 두기엔 곤란하단다. 영양분도 부족하고 배수도 불량하다. 산에 사는 식물들에게는 괜찮을지 몰라도 집 안에서 사는 식물들에게는 해로운 흙이다. 친구가 던졌던 명언이 생각난다.

'원래 사람이 안 키우는 식물이 제일 잘 커.'

가드닝도 자기를 알아가기 위한 끝없는 여정이다. 내 집에 맞는 식물, 나에게 맞는 흙, 내가 좋아하는 수형, 내 마음을 편하게 해주는 질감이 존재한다.

각자의 기질에 가장 잘 맞는 흙과 화분을 찾아내는 것 그리고 어떤 방식으로 키울지 결정하는 것, 그 모든 것이 스스로를 더 꼼꼼하게 들여다보고 돌볼 수 있는 기회를 준다. 시도 때도 없이 흙을 만지고, 한낮의 햇살 아래 매일같이 물을 주러 나가 있다 보니 팔다리는 새까맣게 그을었지만 마음은 훨씬 더 비옥해진다. 식물들이 내 정신건강에 비료 같은 존재가 되어준다.

'물 주기 3년'이 지나고 나니 드디어 흙 아래 숨은 사정이 보이기 시작했다. 눈에 보이는 흙이 바싹 말라 훌훌 날아다닐 지경이라고 해서 안쪽 흙까지 모두 마른 건 아니었다. 물을 줘야 할 법한 날에도 습도가 높으면 하루 지나 물을 주는 요령도 생겼다. 구름이 많은 날을 조심해야 하며, 물을 줄 때는 항상 흙 속에 물길이 생기지 않도록 천천히 화분 전체가 물을 머금을 수 있도록 골고루 줘야 한다.

우울한 날엔 식물에 물을 주고 싶다. 졸졸 흐르는 물을 화분에 부어주는 행위는 나를 가벼워지게 하는 힘이 있다. 언제나 생각으로 가득 찬 머리를 비워주고, 엉망진창인 삶을 조금 더 단순하고 객관적으로 볼 수 있게 만들어준다. 그래서 영화 속 드류 베리모어보다도 더 많이 부어주고 싶다. 끝도 없이 콸콸 부어주고 싶다.

그래도 식물을 나의 감정 쓰레기통으로 삼지는 않기로 다짐한다. 나를 돕기 위해, 나와 함께 살아가기 위해 존재하는 친구들을 형편없이 대접하지 않기로 한다. 좋은 흙으로 감싸주고 좋은 비료로 비옥하게 한다. 온도와 습도를 살피고 통풍에 신경 쓴다. 식물들 덕에 한층 가벼워진 일상에 감사를 표하면서 더 공들여 돌본다. 각각의 성질과 모양에 어울리는 화분에 담아 이것저것 열심히 섞은 흙을 넣고 가장 좋아할 만한 자리에 둔다.

식물들은 살아 있다. 끝없이 숨을 들이쉬고 내쉰다. 흙 속에서 물과 양분을 퍼올리며 각자의 하루를 착실하게 지켜나가고 있다. 내가 할 일은 단 한 가지. 그 순환이 멈추지 않을 수 있도록 도와주는 것. 적당한 물과, 빛과, 양분과, 충분한 통풍을 제공하는 것. 앗, 한 가지가 아니고 매우 여러 가지네….

식물을 좋아하는 건
더 이상 촌스러운 게 아니야

솔직히 말하자면 나는 지금의 내가 낯설다. 어쩌다 삶에 화분 하나를 허락하고 나니 하나가 둘이 되고, 둘이 열이 되고⋯, 마음 가는 대로 지갑을 열어 식물 친구들을 집에 데려온 지 벌써 수년째인데 아직도 그런 내가 낯설다.

거실 한구석에 큼지막한 관엽식물들을 들이고 나니 반대쪽 벽이 허전해 보였다. 반대쪽 벽에도 공기정화 식물을 들였다. 덩치 큰 화분을 몇 개 들이고 나니 이파리가 자잘한 고사리들도 예뻐 보였다. 사이즈가 적당한 보스턴 고사리를 하나 들였다. 며칠 지나지 않아 같은 보스턴 고사리 종이지만 이파리에 무늬가 있는 친구도 데려오고 싶었다. 책에서 보고 반한 동백, 인터넷으로 사진 한 장을 보고 반해버린 칼라데아 오르비폴리아, 열대의 섬에 놀러 갔을 때 예뻐서 사진으로 찍어두었던 부채야자, 어릴 적 집에 있던 식물과 비슷한 아이비⋯ 이런 식으로 나의 위시리스트는 꼬리에 꼬리를 물고 길어졌다. 그리고 집에 들인 식물들도 금방 불어나버렸다.

화분 개수가 세 자리를 넘기면서부터는 더 이상 개수를 헤아리지 않는다. 얼마나 많은 식물과 살고 있는지 정확하게 알게 된다면 앞으로 식물들을 데려올 때 주저하게 될 것이 분명하기 때문이다. 집에 화분이 몇 개나 있는지는 앞으로도 계속 모른 채로 살고 싶다.

꽤 많은 식물을 돌보느라 일상도 꽤나 달라졌다. 과거의 나는 오후 두 시 전에는 절대로 일어나지 않는 종류의 사람이었다. 새벽 두 시부터 여섯 시까지, 타인이 살지 않는 시간의 고요함과 어두움에 갇혀 그 감정을 통해 얻은 것들로 노래를 짓고 연주했다. 10년 넘게 규칙적으로 남들과 다른 시간을 아침이라고 부르고, 남들과 다른 시간에 식사를 했다. 영화는 무조건 심야 영화만 봤다. 평일의 심야 영화는 정말 근사하다. 거대한 멀티플렉스 영화관에 영화를 보러 온 사람은 고작 대여섯 명. 양 옆자리가 비어 있는 것은 물론이고, 아예 앞뒤로 두어 줄이 내 차지가 된다. 이런 호젓함이 새벽 한 시에 시작하는 영화의 묘미다. 바로 옆자리에 앉은 사람의 팝콘 소리에 시달리지 않아도 되고 뒷자리 사람의 발길질을 느끼지 않아도 된다. 심야에 운전해서 영화관을 오가는 길과 좌회전 신호를 기다리며 조용하게 서 있는 8차선 도로의 적막함을 좋아한다. 새벽의 길을 달리는 운전자들은 함부로 경적을 울리지 않는다. 적막한 도로 위의 차들은 소행성들마냥 천천히 맴돈다.

그렇게 사는 것이 익숙했다. 늦은 밤과 새벽에만 잠깐 존재하고 사라지는 것들이 좋았다. 설명할 수는 없지만 비밀스러운 것들. 가끔은 위험한 기분과 상상이 좋았다.

새벽 세 시는 편안하고, 새벽 네 시엔 무언가 창작해내기가 정말 좋지만 이제는 그 정적과 어둠보다 햇살 속에서 식물들과 노는 시간이 더 좋다. 그동안 아무도 바꾸지 못했던 나의 패턴을 식물 친구들이 바꿔놓았다. 식물들은 해가 뜨면 광합성을 하고 이파리를 열고, 해가 지면 숨죽여 잠을 잔다. 해가 있는 시간 동안 물 마시기를 좋아하고, 활발하게 숨을 쉰다. 식물에 대한 애정이 자라나면서 한시라도 일찍 일어나 창문을 열어 정체된 공기를 바꿔주고 싶었고, 조금이라도 일찍 물을 줘 소화시킬 시간을 충분히 주고 싶었다. 물론 아직도 보통 사람들이 일어나는 시간보다는 매우 늦은 시간에 일어나긴 하지만 적어도 오전 중에는 일어나게 되었다.

세상을 보는 눈도 달라졌다. 몇 해 전까지만 해도 나의 식물 사랑에는 매우 미학적이며 차별적인 기준이 있었다. 이를테면 동네 식당 앞에 탐스럽게 자라는 호박꽃이나 주렁주렁 열리는 방울토마토에는 대단한 감흥이 없었다. 나에게 그 풍경은 마치 길 가

다가 마주치는 여느 회색 벽과 다르지 않은 풍경이
었다.

식물을 좋아하게 된 시작은 분명 절대적인 애
정을 담은 접근이 아니었다. 그저 아름다운 장면을
좋아했을 뿐이다. 내가 사랑한 장면 속의 식물은 이
파리가 멋있는 열대 관엽식물들이나 겨울에 앙상하
게 홀로 선, 어딘지 모르게 수채화 같고 위태로워 보
이는 나뭇가지들이었다. 사진 찍는 걸 좋아해서 피
사체로서 식물을 담는 것을 좋아했을 뿐, 지금처럼
새순을 하나하나 들여다보고 흙을 만져보는 사람은
아니었다.

이제는 식물에 대한 미학적 기준이 많이 흐려
졌다. 식물을 키우며 싹을 틔우고, 새순이 돋아나고,
꽃을 피우고, 열매를 맺는 일련의 과정을 반복해서
목격하다 보니 그 모든 순서 뒤에 숨어 있는 경이로
움과 위대함이 보인다.

모든 씨앗에는 의지가 있고 모든 이파리에는
이유가 있다. 아스팔트 사이를 비집고 올라온 풀 하
나도 그냥 지나치지 못한다. 누군가 내다버린 몰골
이 형편없는 식물을 보면 구하고 싶다. 번쩍번쩍 새
것 냄새를 풀풀 풍기는 물건들이 잔뜩 진열되어 있
는 상점에 들어가서도 쇼핑에 열을 올리기보다는 구

석에 말없이 서 있는 떡갈고무나무를 구경하는 것이 더 재미있고, 마티스의 그림 속 몬스테라를 보면 몬스테라 사진을 찾아보다가 결국 내 거실에 자리하고 있는 몬스테라를 만져보게 된다. 세상 모든 것에서 식물의 흔적을 찾아내는 것이 이렇게 즐거운 일이라는 사실을 깨닫게 되어서, 마치 이제까지는 없었던 새로운 눈을 하나 더 가지게 된 것만 같다. 그리고 그 눈이 생긴 덕분에 본질에 조금 더 가깝게 서 있는 듯한 기분이 든다.

그렇게 해서 이제는 식물들의 삶에 대한 예찬을 줄줄이 늘어놓을 수 있을 만큼 강력한 식물 애호가가 되었지만, 처음 흙과 식물이 주는 위안을 느끼면서 점점 식물에 매료되어가던 시절에는 식물을 취미로 삼는다는 것이 그리 쿨한 일처럼 느껴지지 않았다.

누군가에게 취미로 식물을 기른다는 이야기를 입 밖으로 꺼내는 데에도 조금 용기가 필요했다.

상대: 그럼 평소에 쉬실 때는 뭐 하세요?
나: 식물 돌보는 걸 좋아해요.
상대: 아…
나: … 네….

상대: 가끔 한 번 물 주는 거 말고도 돌볼 일이
　　　많은가요?

　나: 화분이 꽤 많아서요, 그냥 물만 줘도
　　　다 제대로 주려면 며칠 걸려요. 통풍도
　　　시켜줘야 하고, 때 되면 비료도 줘야 하고
　　　분갈이도 해야 하고요.

상대: 특이하시네요! 하긴 저희 고모부도
　　　난을 좋아하셔서 매일 이파리를
　　　닦으시더라고요.

　나: 아… 저는 난만 좋아하는 건 아니구요….

상대: 저희 부모님도 은퇴하시면 전원주택
　　　지으셔서 텃밭 가꾸면서 살고
　　　싶으시대요.

　나: 아… 그렇구나….

　　나는 그의 고모부와 부모님 이야기를 반갑게
들으면서도 그 대화가 어긋나 있는 듯한 기분을 느
낀다. 같은 단어를 두고 서로 다른 이야기를 나누고
있다. 그의 생각 속에는 이미 '식물 기르기=어른들
의 취미'라는 공식이 완성되어 있다. 그 공식이 절대
적이지는 않다는 사실을 알려줘야 할지, 아니면 씁
쓸하게 웃으면서 얼른 다른 주제로 넘어가 이야기를

나눠야 할지 고민하다가, 식물에 별 관심 없는 사람에게 뿌리의 숭고함에 대해 설명하고자 노력하면 할수록 오히려 내가 구차하기만 한 것 같아서 그냥 웃고 만다.

식물의 이야기를 알게 되면 알게 될수록 자꾸 더 허기가 졌다. 더 많은 정보와 이야기가 고팠다. 누군가와 밤이 깊도록 씨앗에 대해, 이파리에 대해 이야기를 나누고 싶었다.

그러나 초보 가드너 시절 식물 가게 주인들에게 얻는 정보만으로는 식물을 잘 키우기가 힘들었다. '며칠에 한 번 물 주세요, 밝은 곳에 두세요' 정도로는 도저히 식물을 건강하게 살릴 수 없었다. 그래서 주로 포털사이트에서 '아레카야자 물 주기' '인도고무나무 햇빛' 같은 정보를 검색했다. 그러다가 자꾸 검색에 걸리는 인터넷 식물 커뮤니티가 있었다. 주저하지 않고 가입했다. 적당히 가입 인사를 마치고 드디어 그곳의 정보를 읽을 수 있게 되었다. 전반적으로 회원들의 나이대가 매우 높은 것 같았다. 봄, 가을이면 색깔만 다른 등산복을 입고 모임을 하는 사진이 게시물로 올라왔다. 크리스마스에는 반짝반짝 빛나는 gif 파일로 된 카드와 알록달록한 궁서체로 안부를 건네며 서로 소통했다. '○○엄마', '△△

아범'이라는 닉네임들이 흔하게 눈에 띄었다. 비슷한 취미를 가졌으면서도 나와는 기질적으로 맞을 리없는 사람들 같았다. 그러나 그들은 내게 꼭 필요한정보와 지식들을 게시했다. 나는 그곳에서 조용하게혼자 공부하며 덕력을 쌓아올렸다.

나와 기질이 비슷한 사람들에게는 '식물 키우기'라는 취미는 존재하지 않는 것 같았다. 나의 친구들은 이국적인 도시로 여행을 떠나고, 온종일 바다에서 서핑을 하고, 춤을 추고, 강아지를 키우고 고양이를 키운다. 그러므로 나의 식물 애호를 공유할 사람이 없어서 조금 외롭고 심심하던 나날이었다. 그렇게 몇 년을 외로운 식물 애호가로 살았다.

그리고 어느 날 갑자기 모든 게 달라졌다. 몇년 몇 월 며칠이라고 콕 집어 이야기할 수 있으면 좋으련만, 아마도 서서히 달라지던 것들이 어떤 날 갑자기 나에게 훅 하고 느껴진 것이리라.

분명 재작년까지는 트위터를 켜고 식물 이야기를 한 줄 적어도 아무도 내 이야기를 거들지 않았다. 그렇지만 어느 날부터 지인들 중에도 새싹에, 흙에 관심을 가지기 시작하는 사람들이 생겨났다. 별시답잖은 비료에 대한 이야기만으로도 두 시간을 꽉채워 수다를 떨 수 있는 친구들이 몇 생겼다. 예쁘게 돋아난 새순 사진을 SNS에 올리면 같이 열광해주는 랜선 친구들도 생겼다. 식물 소식을 올리는 계정을 따로 만들어 각자 키우는 식물을 보여주며 서로 응원하기도 하고, 또 어떤 식물의 죽음을 함께 아쉬워하기도 한다.

　모두들 혼자 외롭게 조용히 식물을 키우다가 갑자기 단단히 마음먹고 어딘가에 이야기를 풀어놓기 시작한 것일까. 아니면 내가 콕 집어낼 수는 없는 어떤 날부터 갑자기 식물이 좋아져서 하나둘 데리고 살게 된 것일까. 어느 쪽이든 나와 기질과 성향이 비슷한 사람들 중에서도 식물을 좋아하는 사람들이 많이 늘고 있다는 게 나에게는 너무 행복한 변화다. 좋아하면 이야기하고 싶어진다. 자꾸 읽고, 말하고 나누면서 더 깊이 있게 알고 싶어진다. 좋아하면 욕심이 생긴다.

　서울이 미세먼지와 매연에 시달릴수록 나는 집 안 식물들에 더 집착하게 되었다. 집 밖에서는 괴롭고 답답하던 기관지가 집으로 돌아오면 편안해지곤 한다. 어딘가 막이 하나 씌워진 듯한 기분이 집에 들어오면 사라진다. 식물은 공기를 기쁘게 한다. 이론적으로 사람이 생활하는 공간 중 10퍼센트 이상을 식물로 채우면 집 안 공기가 정화되는 효과를 톡

특히 볼 수 있다고 한다. 식물이 건강하게 자랄수록 집 안 공기는 더 맑아지고, 나 역시 그 덕에 집 안에서만큼은 청정 지역에 가깝게 깨끗한 공기를 마시고 살아간다. 자꾸 더 공을 들여 키우고, 이파리를 닦아주면 좋은 공기로 보답해주는 믿음직스러운 친구들. 식물이 많아질수록 깨끗한 산소가 더 많이 발생한다는 사실은 새로운 식물을 데려오기에도 매우 좋은 변명거리가 되어준다. 좋은 공기를 뿜어주지 않더라도 잔뜩 키웠을 텐데, 공기까지 청소해주신다니 정말 감사합니다.

요즘은 어디를 가나 '플랜테리어', 즉 식물(플랜트) 인테리어라는 단어가 쉽게 보인다. 나도 이에 대한 인터뷰 요청이나 질문을 종종 받는다. 인테리어에 대한 관심, 삶 전반의 질에 대한 관심이 높아지면서 사람들이 반려 식물과 함께하는 삶의 매력에 눈뜨고 있다. 그래서인지 대형 편집숍마다 앞 다투어 식물과 가드닝 용품을 판매하기 시작했고, 백화점에서 식물과 화분을 파는 컬래버레이션 팝업 매장을 운영하기도 한다. 여기저기에 식물 가게도, 화분 가게도 많이 생긴다.

'플랜테리어'라는 단어 자체는 정말 단순하고 쿨하다. 그러나 사실 식물 키우는 법을 조금만 공부해본 사람이라면 식물을 건강하고 행복하게 키우는 방법이 그냥 멋지거나 단순하기만 하지는 않다는 데 공감할 것이다. 이파리가 커다란 관엽식물을 내가 원하는 자리에 두고 일주일에 한 번씩 물을 주는 것만으로는 화원에서 막 데려왔을 때만큼 건강함을 유지하기가 힘들다. 습도를 적절하게 맞춰줘야 하고, 일조량이 풍부해야 하고, 통풍에도 신경을 써야 한다. 그래야 건강하게, 해충으로부터도 피해를 입지 않게 키울 수 있다.

그러니 단언컨대 플랜테리어라는 단어는 식물 세계에서 인간 세계에 던진 미끼 같은 것이다. 해충이나 통풍, 비료나 배수성 같은 단어들은 아직 등장하지 않았다. 플랜테리어는 이 말들을 슬쩍 뒤로 숨긴 채, 식물과의 생활을 아주 가볍고 즐겁게 시작할 수 있으리라는 믿음을 주는 멋진 단어다. 그 믿음 덕분에 내가 식물의 세계에 들어왔던 것처럼 많은 사람이 제 발로 식물의 세계로 걸어 들어오고 있다. 정말 훌륭한 단어다. 누가 이 말을 발명한 사람한테 상이라도 줬으면 좋겠네.

한번은 이름도 모르는 식물의 사진을 저장해서 잔뜩 부푼 마음을 안고 꽃시장에 간 적이 있다. 전문가들은 당연히 이 식물의 이름을 알고 있을 테고 꽃시장에서 이 식물이 나를 기다리고 있을 것이라고 생각했다. 순진한 생각이었다. 핸드폰을 열어 상인들에게 사진을 보여주며 이 식물을 아시느냐, 이 식물이 있느냐 물어보니 처음 보는 식물이라는 대답이 돌아왔다. 절망적이었다. 그 후로도 1년이 넘게 그 식물을 찾아 헤맸다. 그 친구의 이름은 칼라데아 오르비폴리아였다. 그렇게 핀터레스트나 인스타그램에서 보고 반하게 된 식물들은 꽃시장을 아무리 뒤져도 구할 수 없었다.

그 무렵 동네 식물 가게에는 늘 스파티필럼이나 스투키가 잔뜩 자리를 차지하고 있었다. 어떤 조건에서나 잘 자라고 비교적 천천히 죽는 공기정화 식물들이나, 이미 모두에게 익숙해서 꽤 오랫동안 스테디셀러가 된 식물들만 시장에서 살아남는 구조였다. 수요가 있어야 공급도 있는 법일 텐데, (특히 젊은 층의) 수요가 많지 않아서인지 어떤 수입 식물들은 공급이 활발하지 않았던 것이다. 그렇게 얼마 전까지만 해도 한국의 식물 시장은 매우 한정적이었고 타깃층도 매우 좁았다.

식물의 세계에는 이제 다양한 사람들이 있고 다양한 수요가 존재한다. 모두들 곧은 나무만 좋은 나무라고 생각하던 시절에는 헐값에 넘기던 구부정

한 나무들도 드디어 제 값어치를 알아주는 주인들을 만난다. 소비자들의 취향이 점차 다양해지면서 수입 식물만 전문으로 취급하는 셀러들도 늘어간다. 핀터레스트나 인스타그램에서 봐오던 식물들이 이제 더 이상 그림의 떡이 아닐 수 있다. 그래도 구하기 힘든 식물들은 조금 더 여유를 가지고 기다리거나, 아예 직접 해외에서 구매해 정식 검역 절차를 거쳐서 들여오기도 한다.

식물 애호가들의 세계에도 유행이 존재한다. 개인 셀러들이 비싸게 소량으로 들여와 유통하던 미지의 화려한 수입 식물도 고작 몇 개월이 지나면 꽃시장에서도 찾아볼 수 있는 저렴한 식물이 되기도 한다. 낯설지만 반가운 변화들이 여기저기서 생겨나고 있는 것이다.

그러니 자신 있게 말할 수 있다. 이젠 식물을 좋아하는 건 더 이상 촌스러운 게 아니다. 오예!

어느 날부터 내 삶은 돌봄을 당하는 쪽에서 돌보는 쪽으로 방향을 바꾼 것 같다. 내 또래의 사람들 중 상당수는 이제 막 육아를 시작했거나 이미 시작해서 바쁘게 기저귀를 갈고 유치원에 보내고 학교에 보내는 시절을 살고 있다. 나는 육아에 흥미를 느끼지 못한다. 아마 내가 이번 생에 아기를 낳고 키우는 일은 없을 것이다. 아이들이 싫지는 않다. 그 큰 눈망울과 의외성 가득한 행동들이 흥미롭다. 핸드폰 너머로 만나는 친구의 아기가 너무 사랑스럽다. 울어서 사랑스럽고, 웃어서 사랑스럽다. 노래를 부르는 모양새도 귀엽고 말이 늘어가는 모습도 신기하게 지켜본다.

식물을 키우면서 새순 하나에 호들갑 떨고 몇 시간씩 구경하고 앉아 있는 나에게 아기가 생긴다면 분명 엄청 유별난 엄마가 될지도 모른다. 그렇지만 온종일 아이를 제대로 돌보며 내가 계속 나로서 살아갈 수 있을까? 아이의 양육자가 아닌 내 모습 그대로 살아가는 것이 가능할까? 고민하기 시작하면 머릿속이 복잡해진다.

내가 돌보는 것들은 적어도 내 거실 한편에 자리 잡고 있는 고사리들처럼 내가 원해서 돌보는 것들이었으면 좋겠다. 늦은 밤 나를 침대에서 불러일으키지 않고, 류이치 사카모토의 〈BTTB〉 앨범을 처음부터 끝까지 집중해서 듣는 동안 한번도 방해하지 않는 사랑스러운 고사리들이 좋다. 사랑스러운 나의 고사리들은 꽃을 피우지 않고 포자로 번식한다. 꽃을 피우지 않는 식물이라는 사실 때문에 고사리들을 더 아끼게 된다. 모두가 꽃을 피우는 삶을 살 필요는 없으니까.

　세상은 계속해서 달라진다. 한순간도 한자리에 멈춰 서 있지 않는다. 그리고 그렇다는 사실에 불안해하기도 하고 안도하기도 한다. 식물을 좋아하는 취미가 오직 어른들만의 것으로 여겨지던 시절도 있었고, 그러다 갑자기 전 연령대가 즐길 수 있는 취미로 탈바꿈하기도 하는 것처럼 사람을 이루는 가치관이나 행동, 말버릇에 대한 판결도 달라진다.

　내 삶 속에는 불편하다고 생각해왔지만 입 밖으로 꺼내기는 힘든 것들이 늘 있었다. 적당히 덮어두고 지나가기엔 억울했다. 그렇지만 어설프게 끄집어내봤자 긁어 부스럼이 되고 말거나 결국은 나만 상처를 받곤 했다. 그래도 계속해서 불편한 것들을 똑바로 마주하고, 괜찮지 않은 일들이 벌어지는 것을 막는다. 똑바로 행간을 읽어낸다. 세상은 계속해서 달라진다.

　이제 나는 이 세상에 내가 키울 수 있는 것과 키울 수 없는 것이 극명하게 나뉘어 있다는 것을 알게 되었다. 자라날 가능성도 없이 공들여 키워왔던 것들 중에는 뜨겁고 건조한 땅이 고향인 식물도 있었고, 사람의 마음도 있었다. 정말 인정하기 싫지만 내 커리어의 어떤 부분도 그렇다.

매일같이 공을 들이고 최선을 다해 키워도 결코 자라나지 않는 것, 슬프지만 그런 것들은 엄연히 존재한다. 아무리 키워봐야 자라지 않는 것을 놓지 못하는 마음은 빠르게 늘어나는 화분의 개수를 더 이상 세지 않음으로써 계속 식물을 들이고 싶은 마음과 비슷하다. 어렴풋이 모르는 척 계속 해나가고 싶은 마음. 결국 벽에 부딪혀 멈추게 되더라도 계속 키우고 싶은 간절한 마음.

다행히 삶에는 대단히 공을 들이지 않아도 쉽게 자라나는 것들도 있다. 나의 기질과 내가 가진 환경에 맞는 식물들은 태양과 바람만으로도 별 탈 없이 무럭무럭 자랐다. 그리고 아주 가끔 운이 좋은 날엔 어떤 노래들이 쉽게 자라났다.

쉽게 자라는 것들과 아무리 공을 들여도 자라지 않는 것들이 뒤섞인 매일을 살아간다. 이 두 가지는 아무래도 삶이 쥐여주는 사탕과 가루약 같다.

이번 생은 한 번뿐이고 나의 결정들이 모여서 내 삶의 모양이 갖춰질 테다. 그러니 자라나지 않는 것들도 계속해서 키울 것이다. 거대하게 자라나지 않아도 괜찮다. 그냥 내 삶 속에 나와 함께 존재하면 된다. 물론 달콤한 사탕도 포기하지 않는다. 입속에서 사탕을 열심히 굴리면서 가루약을 조금씩 뿌려 먹는 삶을 살아가야지. 아무것도 포기하고 싶지 않아서 고단하고 행복한 매일이다.

추천서는 몬스테라가
써줬으면 합니다

샤워를 하다 보면 별생각이 다 든다. 가끔은 천장의 수증기가 희한한 모양이다. 또 어떤 때는 바닥의 타일이 마음에 들지 않는다. 뇌에 언제 입력되었는지 알 수 없는 단어들이 갑자기 튀어나오기도 하고, 전혀 살아보지 않은 종류의 삶을 살게 되는 상상을 하기도 한다. 다른 사람의 생각을 엿듣는 초능력자가 근처에 존재하지 않기를 간절히 바란다.

문득 요즘 습도가 낮아서 고사리들의 이파리 건강이 걱정이다. '샤워하는 동안만이라도 몽땅 습한 화장실로 옮겨 올까' 고민하기 시작해 '어디에 어떻게 화분을 두고 샤워를 해야 모두가 행복한 샤워가 될 수 있을까' 하는 생각으로 이어졌다가 '결국 화분을 한두 개 깨고 말겠군' 하는 결론에 접어들고서야 생각의 길은 곧바로 다음 상상으로 뻗어간다. 마치 거미줄을 탄 것처럼 복잡하게 뻗어나가다가 굽어지고 다시 뻗어나가곤 한다.

오늘은 뜨거운 물을 맞으며 한껏 몸을 비트는 스트레칭을 하다가 갑자기 '추천서'라는 단어가 떠올랐다. 머릿속 바다에서 둥둥 떠다니던 단어 중에 하나가 탁 하고 샤워 요정의 그물에 걸려서 올라온 것이다. 오늘의 단어를 건졌으니 그 단어와 함께 연관된 생각들이 줄줄 따라 올라온다.

나는 프리랜서다. 한 번도 어떤 기관을 통해 건강보험료를 낸 적 없이 지역가입자로 살고 있다. 매년 5월에는 1년 치 종합소득세를 신고한다.

스무 살에 예술대학에 입학해서 레슨 아르바이트를 시작했다. 각종 결혼식이나 행사에서 연주하는 아르바이트도 재미있었다. 밴드를 시작했고, 공연을 하고, 저작권료가 들어오기 시작했다. 그동안 나의 밥벌이에는 이력서가 딱히 필요하지 않았다. 내 삶은 자기소개서나 이력서, 추천서 같은 것들과 별 관련이 없다. 누군가에게는 꽤 중요한 문서인 것 같지만, 나에게는 평행우주의 문서처럼 익숙한 동시에 낯설다.

나는 직장에 다니는 지인들에게 연민과 부러움을 동시에 가지고 있다. 그동안 직장 생활에 대한 설명을 많이 들어오긴 했지만, 그래도 내가 아는 회사 생활은 드라마 〈미생〉에서 본 것들이 대부분이다. 회사원들은 매일 같은 시간에 정해진 자리에 출근해야 하고, 싫은 사람들과 부대끼며 일을 해야 하고, 윗사람들의 부조리함을 아무렇지 않은 척 넘겨야 하고, 제멋대로 오후의 공원에 앉아서 휘파람을 불 수 없다. 일단 꽉 막힌 출퇴근 시간을 매일같이 견뎌내야 한다는 것만으로도 연민이 생기는 일상이다. 나 같은 인간에겐 매우 무리한 상황이다.

그래도 생각보다 회사 생활을 즐거워하면서 회사라는 거대 시스템을 열심히 이용하고 있는 지인들을 보면 내가 〈미생〉을 보고 배운 것들이 보통 회사 생활의 전부는 아니겠지 싶다. 어마어마한 스트레스나 규격을 맞춰야 하는 딱딱함이 존재하는 동시에 느슨해서 기댈 수 있는 지점도 분명히 존재하는 것 같다. 내가 지금 같은 삶을 계속 유지해간다면 회사 생활에 관한 대화를 나눌 때 가끔 '후후후' 하고 씁쓸하게 웃던 지인들의 웃음을 100퍼센트 이해하기는 힘들겠지.

연민의 반대인 부러움은 두 가지에 대한 것으로 나뉜다. 명절 선물세트와 월급. 명절 선물세트에 대한 부러움은 1년에 두어 번 짧게 왔다 간다. 스팸 선물세트가 유독 좋아 보인다. 내 찬장에도 유통기한이 몇 년씩이나 남은 스팸이 그득하지만 '스팸 선물세트'만이 가진 아우라를 좋아하는 것 같다. 박스 겉면에 거대하게 쓰인 로고에서 오는 자신감이 기분 좋다. 다른 선물세트들에 비해 스팸 세트는 유난히 더 큰 글씨로 인쇄되어 있는 것 같다. 같은 규격으로 잘려 캔 안에서 나란하게 정렬되어 있는 스팸들을 떠올리면 약간 쑥스럽고 즐거운 기분이 든다.

월급에 대한 부러움은 선물세트 따위에 대한 부러움에 비하면 매우 절대적이다. 뼛속까지 프리랜서인 나에게 월급이란 판타지에 가까운 것이다. 보통의 회사라면 퇴사하기 전까지는 계속 액수가 늘어나고, 매달 같은 날에 꼬박꼬박 통장에 입금되는 것. 가끔 운이 좋은 달에는 보너스를 받을 수도 있다. 아무리 심각한 슬럼프가 와도 일단 과하게 결근만 하지 않는다면 월급을 받을 수 있다고 한다. 월급에 대한 숨길 수 없는 부러움은 결국 '내가 회사원이 된다면' 하는 상상으로 옮겨 간다. 넘어야 할 산이 수도 없이 많겠지만 일단 이력서와 추천서부터 차근히 시작해야겠군. 이력서야 그렇다 치고 나란 사람에 대하여 이 사람은 이렇고 저렇고 이런 면이 믿음직스럽고 저런 면이 칭찬할 만하다, 그런 말을 잔뜩 써줄 존재는 누구일까. 무난하게 교수님들? 결석을 밥 먹듯 하다가 겨우 졸업한 나를 추천하고 싶을까? 교수님들에게 살가운 학생인 적도 없었다. 내가 나의 교수였다면 나 같은 학생을 위해서 추천서를 쓰고 싶지 않을 것 같다.

　　엄마는 어떨까? 온 세상에서 나를 가장 사랑하는 사람. 나를 낳고 확대시킨 사람. 그렇지만 사람들에게 나를 '감정 기복이 심한 아이'라고 소개한 적이 있는 사람. 십대 시절부터 나의 불안과 우울을 모조리 목격한 사람. 나의 비합리적인 성격에 가장 많은 피해를 본 사람. 엄마도 좀 곤란할 것 같다.

이런저런 사람들과 동물들이 나를 어떻게 지켜보고 있을까, 내가 가진 물건들에게 나는 괜찮은 주인일까, 그들이 나에 대한 추천서를 쓴다면 어떻게 써줄까 한참 동안 생각했다. 생각이 길어지면서 머리카락에 트리트먼트를 바르고 스트레칭을 하는 시간도 평소보다 길어진다.

내 핸드폰은 내가 덜렁거리고 부주의하다고 생각할 것이다. 하루에도 두어 번씩 핸드폰을 떨어뜨리고 혹시나 액정이 깨졌을까 봐 잔뜩 긴장해서 주워드는 주인을 좋게 포장해줄 리 없다. 내 노트북은 아마 내가 정리정돈을 배워야 하며, 노트북 근처에서 빵을 먹지 말아야 한다고 생각할 것이다. 내 스테인리스 프라이팬은 내가 제대로 된 계란프라이를 먹으려면 예열하는 법을 다시 배워야 한다고 생각할 테고, 메이크업 브러시들은 내가 브러시 세척액을 사야 한다고 생각할 것이다. 에코백, 빨간 구두, 친구, 선배, 의자, 전기포트… 한참 대상을 옮겨 가며 고민해보아도 나에 대해 좋은 감정만으로 공들여 추천서를 써줄 존재를 찾는 데 애를 먹는다.

그렇게 끈질기게 고민한 덕에 드디어 찾았다. 몬스테라다. 몬스테라 토에리는 나와 만 2년째 사이좋게 살고 있다. 나는 그의 양육자로서 최대한 많은 것을 안정적으로 제공하고 있는 중이다. 더군다나 우리가 알고 지낸 기간은 이제 만으로 2년, 이 정도가 추천서를 써주기에 가장 적절한 기간 아닐까? 너무 짧은 시간 동안 알고 지낸 사이라면 그가 쓴 추천서가 가벼워 보일 것이고, 그보다 긴 시간 알고 지낸 사이라면 나는 그에게 이미 나의 허점을 모조리 간파당했을 것이다. 2년이 딱 좋다.

그는 2년 전 봄에 손바닥만 한 모종으로 우리 집에 도착했는데 이제는 나랑 키가 똑같은 지경에 이를 정도로 거대하게 자랐다. 처음엔 한 손으로 거뜬히 들어서 한 손바닥 위에 올려둔 채로 사진을 찍곤 했는데 이제는 이파리 한 장이 내 베개만 하다. 양팔로 감싸고 들기에도 너무 무거워서 옮길 때마다 척추를 잔뜩 준비시키고 천천히 들어 올려야 한다. 내가 이렇게 커다랗게 확대시켜주었으니 쓸 수만 있다면 몬스테라도 추천서 한 장쯤은 거뜬히 써주지 않을까. 그렇게 몬스테라의 추천서를 식물원 티줏대감 침엽수에게 제출하는 상상을 해본다.

추천서

지원자명: 임이랑
추천자명: 몬스테라
관   계: 부양자와 반려 식물

위 지원자를 추천하는 이유

제가 이 지원자의 여러 덕목 중 가장 높이
사는 것은 바로 성실함과 식물 생명에 대한
존중입니다. 위 지원자는 2년 전 작은 모종에
불과하던 저를 본인의 집으로 데려와 성심성의껏
돌보았습니다.
그는 매일 물을 줘야 하는 테라스의 식물들을
귀찮아하거나 곤란해하지 않고, 한여름에는
하루에도 두 번씩 세 번씩 물을 주며 열과
성을 다하여 식물들을 돌봤습니다. 절대로
화분에 물이 과하게 남아 있는 상태에서 물을
주지 않았으며, 뿌리가 마른 채로 한참 동안
방치하지도 않았습니다. 또 제가 작고 어린
이파리를 달고 이 집에 처음 왔던 순간부터 위
지원자는 매번 제 뿌리가 성장하기에 적절한

크기의 화분에 저를 담아주었습니다.

　직광이 내리쬘 때는 이파리에 화상을 입을까
그늘에서 쉬게 해주었고, 비가 내릴 때면
뿌리까지 흠뻑 젖도록 비를 맞혀주었습니다.
매달 1일엔 적당한 액체 비료를 물에 희석해
필요한 영양분을 공급했으며, 조금 시들한
부분은 너무 늦지 않게 정리해주었습니다.
충분히 자주는 아니었지만 몇 번이고 저의
커다란 이파리들을 닦아 제 기공이 더 원활하게
숨 쉴 수 있도록 돕기도 했습니다. 비록 닦을
때마다 제 이파리에 작은 상처를 내긴 했지만
저의 생명을 위협할 정도나 너무 흉한 정도는
아니었습니다. 겨울은 제가 성장을 멈추고
휴면하는 시기입니다. 그는 이 시기에도 늘
통풍을 원활하게 해주고 최선을 다해 빛을
보여줬으며 일조량이 부족하면 식물등을 켜
모자란 빛을 보충해주려고 노력했습니다.

　위 지원자와 함께 사는 2년 동안 저는 총
다섯 번 분갈이를 거쳤는데, 그때마다 그는
사이즈가 적절한 화분으로 저를 옮겨주었습니다.
흙을 구비해두는 데도 매우 신중한 편이라
배수가 원활하고 영양분이 충분한 흙을

공급해주었습니다. 또 토양 개량제나 영양제에도 관심을 두고 훈탄이나 알비료, 지렁이 분변토 등 그때그때 새로운 토양을 맛보게 해주었습니다.

한번은 분갈이를 앞두고 제 뿌리가 너무 많이 자라 화분에 꽉 차는 바람에 저를 거꾸로 들어도 제가 화분에서 빠져나오지 못한 적이 있습니다. 주변 사람들은 지원자에게 '망치로 화분을 깨라', '몬스테라를 일부만 잘라서 새로 뿌리를 내라' 극단적인 조언을 했지만 지원자는 한여름에 구슬땀을 흘리며 절대 저를 포기하지 않았고, 제 뿌리를 며칠간 어르고 달래 결국 화분을 깨지 않고 저를 화분에서 꺼내는 데 성공한 전적이 있습니다. 저는 그 분갈이 이후로 지원자를 전적으로 신뢰하게 되었습니다.

매일같이 식물등 타이머를 맞춰두고 제 일조량을 신경 쓰는 점, 하루 열두 시간씩 에어서큘레이터를 틀어 저와 주변 식물들의 공기 순환이 원활하게 돕는 점, 너무 빠르지도 늦지도 않게 물을 주는 점 등으로 미루어볼 때 지원자는 애정을 가지는 대상에 한해서는 확실한 돌봄을 제공하는 사람입니다.

이에 지원자를 강력히 추천하는 바입니다.

불안에 대처하는 나의 자세

간밤에 꿈을 꾸었다. 아직 써야 할 원고들이 남아 있는 현실에서 벗어나 꿈속의 나는 미래에 와 있다. 이미 『아무튼, 식물』이 출간되고 몇 주가 지난 시점이다. 누군가와 대화를 한다. 상대방은 나에게 이제까지 책이 50권 팔렸다고 한다. 딱 50권 팔리고 더는 팔리지 않는다고 통보해온다. 꿈속의 내가 어떤 감정을 느꼈는지는 잘 기억나지 않는다. 으아아… 어버버… 하는 사이 잠에서 깼다.

책을 쓰는 건 이번 생에 처음이다. 언젠가 책을 내게 된다면 내 홈페이지에 적어온 일기를 모아서 내게 될 것이라고 생각했다. 십수 년 전 나모 웹에디터로 얼기설기 만든 홈페이지를 아직까지 사용 중인데, 언젠가 해킹당해서 일기와 사진이 모조리 사라질 것이라는 공포를 늘 가지고 살기 때문이다. 모든 것이 사라지기 전에 책 한 권으로 남겨놓고자 하는 마음. 그렇지만 지금 나는 식물과 함께 사는 이야기를 글로 쓰고 있다. 역시 삶이 어느 방향을 향해 어떤 모양으로 변해갈지는 직접 살아보기 전까지는 모르는가 보다.

공연을 준비하는 기간에는 공연에 대한 악몽을 많이 꾼다. 어떤 악몽 속에서는 내가 공연에 늦고 만다. 무거운 악기를 짊어지고 아무리 달려도 공연장은 멀리에 있다. 길은 자꾸 더 가파른 오르막길로 바뀐다. 또 다른 악몽 속에서는 공연장에 관객이 없다. 화려한 극장의 무대에 올라섰는데 객석에 관객이 띄엄띄엄 너댓 명 앉아 있을 뿐이다. 갑자기 준비한 곡과 전혀 다른 곡을 연주해야 하는 악몽, 아무리 노래를 불러도 마이크를 통해 내 목소리가 나오지 않는 악몽도 있다. 디테일을 조금씩 바꾸어 자꾸 찾아온다. 끝도 없이 새로운 악몽들이 펼쳐진다. 음악가가 된 후로 벌써 십수 년째 꾸고 있는 꿈들인데 악몽은 매번 새롭고 오싹하다.

그러다 이제 책에 대한 악몽을 꾸기 시작한 것이다. 내 악몽이 가장 좋아하는 먹잇감은 바로 나의 불안이다. 그동안 참았다가 이제야 찾아온 것을 고맙다고 여겨야 할지. 꿈꾸는 건 좋지만 악몽은 싫다. 늦은 밤 어두운 테라스에 앉아 흙을 만지며 '악몽은 현실이 아니야' 생각한다.

나는 늘 무언가를 만들고 모아서 발표하는 삶을 살고 있다. 새로운 것을 해나갈 때는 그 과정 자체가 선물이요, 결과는 그에 따르는 자연스러움일 뿐이고 어쩌고저쩌고하는 이야기를 많이 접한다. 하지만 나는 '내가 만든 것들을 사람들이 좋아해줬으면' 하는 당연한 욕심이 있다. 나는 늘 발표를 기점으로 일정한 기간 동안은 매우 안달 나고, 사람들의 반응을 뒤져보고, 잠깐 안도하거나, 오래 억울해하는 종류의 창작자다. 칭찬이나 비판 앞에서 전혀 의연하지 못하다.

물론 창작자들 중에는 '당신이 좋아하든 말든 상관없어' 하는 태도를 유지하는 사람들도 있다. 공들여 쌓고 다지고, 제 손으로 무너뜨렸다가 다시 쌓고 다지고, 고치고 고쳐서 고심 끝에 내놓은 결과물에 어떻게 그런 태도를 유지할 수 있는지 정말 궁금하다. 몰래 정신세계를 다스리고 표정이 변하지 않게 말하는 수행이라도 하고 있는 것일까?

과정에서 얻는 성장으로 결과를 보상 받던 시기는 이미 오래전에 끝났다. 결과는 중요하다. 결과가 하찮으면 나는 무언가 만들고 모아서 발표하는 삶을 계속 해나가지 못하게 된다. 이런 식의 욕심과 얕은 마음이 나를 불안의 먹잇감이 되게 한다는 사실도 잘 안다.

언젠가부터 아무리 작은 일을 진행할 때도 그 일 때문에 벌어질 수 있는 나쁜 상황들을 상상하기 시작했다. 나쁜 상상들의 작은 조각은 쉽게 생긴다. 그것들은 내가 숨만 쉬어도 생겨나고 금세 모여서 자란다. 세상에서 가장 키우기 쉬운 것은 불안이다.

나는 실체가 없는 어둠을 안고 살게 되었다. 세상 모든 것이 나를 불안하게 만들기 위해서, 나의 정신세계를 공격하기 위해서 존재하는 것 같았다. 쉽게 불안 해지는 사람이 되면서 한동안은 모든 것이 버거웠다. 어떤 날의 나는 '불안'이라는 단어를 떠올리거나 스치듯 마주하기만 해도 갑자기 불안에 빠지기 시작했다. 단 5분만이라도 평상심을 유지하는 것이 불가능한 정도였다.

더우면 불안했다. 추워도 불안했다. 배가 고파도 불안했고, 배가 불러도 불안했다. 혼자 있어서 불안하기도 했고, 누군가와 함께 있어서 불안한 적도 있다. 책을 읽다가도 불안했고, 영화를 보다가도 불안해졌다. 아무런 공식도 예고도 없이 불안은 불쑥불쑥 고개를 내밀었다. 금방이라도 끔찍한 일이 벌어질 것 같았다. 아니면 내가 실수로 끔찍한 일을 저지를 것만 같았다. 길을 걷다가 공사장에서 떨어진 철근에 머리를 맞아 식물인간이 된다거나, 내가 탄 엘리베이터가 추락한다거나 하는 일들을 걱정하기 시작했다. 세상에 걱정할 일은 끝도 없이 많았다. 온갖 감정들이 배꼽 아래에서 요동쳤다. 운전을 하다가 갑작스레 복통이 찾아와 핸들을 붙들고 엎드려야 했던 날도 있다.

나는 예술대학에서 공부했다. 학교생활은 가끔 신나고 거의 괴로웠다. 유연성이라고는 찾아볼 수 없는 비슷한 인간들이 모여서 배려 없는 말과 행동을 던지며 서로에게 상처를 입혔다. 각자 세상에 한 발자국이라도 먼저 뻗기 위해 몸부림을 쳤다. 도망치고 싶은 순간이 많았다. 우리는 모두 스무 살 스물한 살의 예민한 호르몬 덩어리들이었다. 스무 살의 나는 부자연스러웠다. 열여덟 열아홉의 시간들을 모조리 연습에 바쳐 꿈에 그리던 학교에 입학했는데, 모든 것이 내 예상과 어긋났다. 청춘영화 같은 삶이 공짜로 펼쳐지는 게 아니라는 걸 알게 되었다. 화가 났다.

학교에서 처음으로 만난 친구가 9이다. 9은 매우 부자연스러웠던 스무 살의 나보다 더 어색해 보였다. 보컬 전공이라고 했다. 사실 본인을 소개하기 전에 이미 짐작할 수 있었다. 노래하는 사람들 특유의 분위기가 있다. 가만히 있어도 이야기가 넘쳐나는 아우라. 9은 예민한 에너지를 잔뜩 뿜으며 앉아 있었다. 샛노란 머리에 날카로운 얼굴을 가지고 있었는데, 그가 처음 입을 열었을 때 너무 바람 같은 소리가 들려와서 깜짝 놀랐다. 내가 생전 처음 보는 느낌의 인간이었다. 9만큼 낯을 많이 가리는 사람은 처음이었다. 내성적이고 조용한 사람이라고 생각했는데, 그러다가도 학교 체육대회에서 긴 다리 긴 팔을 휘두르며 계주를 달릴 때는 앞서 달리던 모두를 앞질렀다. 어느 날엔 점심시간 즈음 학교에 도착해 식당에서 김밥을 사달라고 조르기도 했다. 그러고 다음 날엔 학교를 안 왔다. 9은 2, 3일 연속으로 학교에 오는 날이 드물었다. 9은 이미 사춘기 시절부터 우울증을 앓고 있었다고 한다. 그가 우울에 빠져 학교를 오지 않는 날엔 나도 덩달아 마음이 우그러졌다. 오랜 시간 팀을 함께 하면서 9은 나의 목소리가 되었다. 그 우울하고 화가 나 있던 스무 살의 아이들을 찾아가서 이야기해주고 싶다.

'앞으로 너희는 함께 음악을 하게 될 거야. 음악을 만들고 연주하면서 좋은 순간들을 많이 맞이할 수 있을 거야. 짐 모리슨이나 제니스 조플린처럼 스물일곱 살에 죽지는 않아.'

아니면 용돈이라도 두둑하게 주거나.

언젠가부터 스트레스를 많이 받은 밤이면 테라스에 불을 켜고 멍하니 흙을 만진다. 괜히 하릴없이 흙과 비료를 배합해두기도 하고, 뿌리가 많이 자란 식물들을 들어내 더 큰 화분으로 옮겨주기도 한다. 시든 이파리도 정리하고, 화분도 닦는다.

식물의 세계에 들어서면 누구도 나를 괴롭히지 않는다. 안전하고 커다란 초록색 원이 생긴다. 그 안에 들어간다. 불안은 나를 쥐고 흔들지만 식물들과 함께하는 시간을 통해 나는 조금씩 평화를 얻는다. 아무것도 할 수 없던 시기가 자연스럽게 스르륵 지나간다. 물론 언제고 다시 돌아올 수 있겠지만 적어도 이번엔 무사히 지나간다. 지옥을 맛보고 연옥의 문턱에 서 있는 것 같은 기분이 든다. 나는 계속 살아갈 수 있게 되었다. 그냥 하루하루 살아지는 것보다 더 능동적으로 살고 싶어지기 시작했다. 다시 정상적으로 사고할 수 있게 되면서 스스로 구원하려는 노력을 시작했다.

나의 불안에는 두어 가지 단계가 존재한다. 가장 고통스러운 단계는 저면에 깔려 있다. 내 힘으로는 도저히 어찌할 수 없다. 그렇지만 간혹 금방 지나갈 얕은 불안들과 마주한다. 이 불안은 아주 가까이에 있다. 손가락을 목구멍에 집어넣으면 끄집어낼 수 있을 것 같은 불안이다. 누군가 불편한 사람과 대화를 할 때도 그렇고, 계산을 할 때나 집으로 걸어오는 길에도 슉! 나타나는 불안이 있다. 이 감정들은 묵직하고 거대하기보다는 가볍고 방정맞다. 그래도 방치했다가는 더 커다란 어둠이 될 가능성이 있기에 얼른 치워야 한다. 아주 간단한 생각의 전환만으로도 가벼운 불안을 없앨 수 있는 가능성이 열린다는 것을 알게 되었다. 내적 전환이 필요했다.

그럴 때면 머릿속으로 스티비 원더의 〈서 듀크 (sir duke)〉를 연주하기 시작했다. 중반부에 등장하는 18초 남짓한 유니즌 라인(unison line)을 연주한다. 유니즌 라인은 음악에서 모든 악기가 같은 음을 연주하는 부분을 뜻한다. 빠르기가 104인 〈서 듀크〉의 유니즌 라인은 여덟 마디나 되는 기나긴 라인이다. 라인이 불규칙하고 박자가 복잡해서 정신을 집중하지 않으면 머릿속에서도 그 흐름을 놓친다. 짧게 집중해서 뇌를 전환시키기에 매우 효과적인 라인이다. 나는 갑자기 나타난 불안이 그 18초가 지나고 나면 살짝 잠재워지기를 기대하며 열심히 연주한다. 드럼이 맞춰주는 비트 위로 관악기들과 기타, 베이스기타까지 함께 연주한다. 분명 곡의 시작에는 빠르기가 104인데, 첫 번째 유니즌으로 들어서면서 박자가 슬슬 빨라진다. 연주자들이 흥이 나서 눈빛을 교환하며 점차 빠르게 연주를 하는 장면이 상상되어 나까지 덩달아 흥이 오르고, 박자는 110을 넘게 치솟는다.

중학생 이랑은 교복 치마 아래 주황색 로고가

커다랗게 그려진 흰색 나이키 코르테즈를 신고 다녔
다. CD플레이어로 스티비 원더의 음반을 들으며 여
느 때처럼 혼자 집까지 걸어가던 중 이 노래를 처음
들었다. 온몸이 찌릿찌릿했다. 어딘가에 가서 마구
몸을 부딪쳐야 할 것 같은 충동이 생겼다. '다시, 또
다시 들어도 매번 처음보다 더 좋아지다니, 이게 마
법인 걸까!' 하는 기분이 들었다. 십대 후반의 나는
베이스기타로 이 라인을 완벽하게 연주해내는 데 굉
장히 많은 시간을 보냈다. 나를 음악으로 깊이 빠트
린 노래 중 한 곡인 〈서 듀크〉는 아직까지도 나를 지
켜주고 있다.


```
도            도미레    레라솔    솔솔라
도  디레  미솔라도  디레미
라    미    솔      레      미
레도라솔 레도라도
미  레도 레도라도 라솔라      솔미솔
미레미레 도레도라  솔              솔
솔라도레 미솔라도   라도      라  솔
라    솔  미솔        솔솔
```

그냥 음을 연주한다고 완성이 되는 것이 아니다. 원곡에 맞춰 스티비 원더와 함께 연주해보고, 조금씩 빨라지고 느려지는 박자를 느끼고 그 그루브까지 연주해야 완성인 라인이다. 이 여덟 마디를 머릿속으로 연주하고 나면 가벼운 불안이 사라질 확률 50퍼센트.

〈서 듀크〉로 나아질 수 없는, 더 깊은 곳에 깔린 불안들을 다스리는 방법도 있다. 낮잠, 수영, 공원 산책, 요가 그리고 식물 구경. 이 다섯 가지가 나를 나아지게 한다. 이것들은 고작 18초로는 힘들지만 효과는 비슷하다. 불안이 사라지거나, 사라지지 않거나. 50 대 50.

잠깐 낮잠을 자거나, 수영을 하거나, 공원을 산책하거나, 요가를 하거나, 식물들을 구경한다고 해서 갑자기 마음이 불행에서 행복으로 전환되지는 않는다. 그저 불행의 굴 깊숙하게 들어갔던 감정이 불행과 보통의 중간 어디쯤에 서 있도록 도와준다.

마음이 툭 하고 바닥으로 떨어졌을 때도 마법의 단어들을 잊지 않으려고 여기저기 써두고 자꾸 생각하곤 한다. 그동안 나름대로 무기력과 불행에서 벗어나려 많은 노력을 기울였고 나에게는 저 다섯 가지 행위가 가장 효과적이었다. 〈캡틴 플래닛〉의

'땅, 불, 바람, 물, 마음'처럼 단단히 한 팀으로 나를 도와주는 것들이다.

나는 수영을 매우 좋아한다. 물이 좋다. 물속에서의 자유로움이 좋고 완벽하게 혼자 할 수 있다는 점에서 특히 더 좋다. 귀에 방수 이어폰을 꽂고 평일 낮의 한산한 수영장을 스무 바퀴, 1000미터 도는 게 나의 수영 루틴이다. 귀찮아도 스무 바퀴까지는 채우려 한다. 스무 바퀴를 꽉 채워 돌기 위해 자주 음악 목록을 바꿔가며 재생한다. 천 번 만 번을 들어도 질리지 않는 노래 몇 곡은 매번 빼지 않고 놔둔다. 스키터 데이비스(Skeeter Davis)의 〈디 엔드 오브 더 월드(the End of the World)〉나 비치 보이스(The Beach Boys)의 〈갓 온리 노우즈(God Only Knows)〉 같은 노래들이다. 노래 구석구석의 아주 디테일한 악기 라인까지 모조리 다 외우고 있는데도 질리지 않는다. 내가 환장하는 노래들 중 몇몇 곡은 과거 누군가와의 연애에 주제곡으로 쓰였다는 이유로 내 플레이리스트에서 잘려나가기도 했는데, 저 두 곡은 어떤 연애에서도 주제곡으로 쓰인 적이 없고, 씁쓸한 감정을 남기지 않은 보석 같은 노래들이다.

그 노래들 사이로 심장 박동을 빠르게 해줄 노래들을 적당히 섞어둔다. 아무리 좋아하는 운동이라지만 팔다리를 계속 움직이기 위해선 적당한 연료가 필요하다. 욘시(Jonsi)의 〈고 두(Go Do)〉와 더티 프로젝터스 앤드 데이비드 바이른(Dirty Projectors & David Byrne)의 〈노티 파인(Knotty Pine)〉, 이 두 곡이면 딱 좋다. 그리고 더 천천히 헤엄치기 위한 노래들도 넣어둔다. 언제나 나를 무장 해제시키는 골드프랩(Goldfrapp)의 〈드루(Drew)〉.

물속에서 듣는 음악에는 특별한 마력이 있다. 소리의 공간감이 풍부해지면서 푸르고 커다란 세상 속에 혼자 있는 것 같은 기분이 든다. 물은 소리의 디테일들을 뭉개는 대신 내가 듣고 싶은 소리를 더 근사하게 만들어준다. 가끔 같은 레인에서 수영하는 사람이 많지 않을 때는 음악을 들으며 눈을 감고 수영을 한다.

너무 무리했거나 세상을 향한 독을 품고 잠든 날의 다음 날엔 십중팔구 나쁜 하루가 펼쳐진다. 나쁜 날엔 뭘 해도 좋은 것을 만들어내기가 힘들고, 말실수가 잦다. 신발이 불편하고, 소화가 안 되어 울상으로 하루를 보내게 된다. 어두운 기운은 한차례 머리끝부터 발끝까지 나를 흔들고도 성에 안 차는 모양이다.

나는 자꾸 식물의 세계로 도망친다. 모든 것이 무너지고 변해가도 나에게는 흙과 식물이 있다. 식물이 주는 에너지가 아직까지 나에게 영험함을 발휘하고 있다. 내가 모두를 포기하지만 않는다면 그들이 계속 나를 도와줄 것이다.

한참 어둠에 허우적거리던 시절처럼 불행을 기다리는 태도로 살지 말자고 다짐한다. 그렇지만 혹시 불행을 기다리는 사람으로 살게 되더라도 스스로를 미워하지는 말자고 다짐한다. 다짐을 쌓아두지만 말고 최선을 다해 지키자, 다짐한다. 다짐을 이렇게 열심히 했으니 마지막 다짐이 더 중요해진다. 다짐한 일들을 지키지 못하게 되더라도 자학하지 말자, 다짐한다.

연금술사의 창문

몇 해 전까지 망원동에 살았다. 친구들이 옹기종기 가까이 모여 살던 시절이었다. 함께 장을 보고 누군가의 집으로 몰려가서 요리를 해 먹고 깔깔거리며 놀다가 배가 고파지면 또 배달음식을 시켜 먹고 수다를 떨곤 했다.

친구 중 하나는 망원정 근처에 살았다. 그런데 그 친구네 집에서 창밖을 내다보면 건너편 아파트에 묘한 창문이 하나 보였다. 창문 가득 자주색 불빛을 발하는 집이었다. 초저녁에도, 늦은 밤까지도, 매일매일 그 집 창은 자줏빛이었다. 새벽이 되어서야 집으로 돌아가는 날에 봐도 그 불빛은 꺼지지 않았다. 이 도시를 통틀어 그 집만 깨어 있는 듯한 존재감을 발산했다. 점술가의 집일까? 아니면 자주색 불빛을 특별히 좋아해서 24시간 켜두어야 마음이 편안해지는 사람이 살고 있을까? 여러 가지 추론을 펼쳐보았지만, 어느 쪽이든 그 집에 사는 사람을 이해할 수가 없었다. 역시 세상엔 내가 이해할 수 있는 사람들보다 이해할 수 없는 사람들이 훨씬 많다.

나는 내가 산 어떤 동네보다도 망원동을 좋아했다. 동네에 길고양이가 많아서 좋았고, 집 앞에 시장이 있어서 아무 때나 신선한 과일과 야채를 구입할 수 있어서 좋았다. 망원동에 살기 전에는 서교동

아파트에 살았던지라 주민들 눈치를 보며 아파트 구석구석 고양이들에게 밥을 주고 다녔는데 망원동 골목엔 이미 사료가 그득했다. 귀가가 아주 늦은 날엔 시장 생선 가게에서 크기가 꼭 제 몸만 한 생선을 훔쳐 터덜터덜 어딘가로 걸어가는 고양이를 만난 적도 있다. 사냥을 마친 고양이는 적당한 거리를 두고 같은 방향으로 걷는 나를 별로 의식하지 않았다. 귀 끝부터 꼬리 끝까지 당당하게 걷는 모습을 보며 시장 구석 작은 틈새로 다른 세상을 한 장면 엿보는 기분이 들었다. 골목이 좁고 복잡한 것이 망원동의 단점이었는데, 그것도 나름대로 서울 올드타운적인 운치라 여기고 정을 들였다.

   하지만 역시 좋은 건 다들 알아보는 것이리라. 어느 날부터 망원동은 관광지처럼 빠르게 변해갔다. 차갑지만 맛있는 김밥을 팔던 김밥집과 그로테스크한 사진들을 배경색만 바꾸어서 인도까지 요란하게 전시한 사진관이 있던 2차선 도로에 '망리단길'이라는 망측한 명칭이 붙었다. 김밥집도 사진관도 없어졌다. 인형 뽑기 가게가 생기고 커피 가게가 생겼다. 내가 살던 집 바로 앞의 호젓한 단독주택이 헐리고 원룸이 빼곡한 건물이 지어졌다. 그 집 앞뜰에 매해 여름 곱게 피어나던 능소화 덩굴을 뽑아버리고 가을

이면 물들던 감나무도 베어버렸다.

  좁은 시장과 골목은 주말마다 한껏 꾸미고 나와 카메라를 들고 두리번거리는 사람들로 붐비기 시작했다. 내가 살던 건물은 매일 아침 망원시장에서 들려오는 소리로 분주했지만 해가 지고 나면 쥐 죽은 듯 조용한 골목에 있었는데, 어느 날부터 근처에 재미있게 생긴 가게가 몇 개 들어서고는 취객들의 고함 소리가 들려오기 시작했다. 아침 일찍부터 밤늦게까지 소란스러운 동네가 되어버렸다. 그러던 어느 날 아침 일찍 집주인이 예고 없이 집에 들이닥쳐서는 집세를 50퍼센트 인상하겠다고 통보했다. 더는 버틸 수 없었다. 백기를 번쩍 들고 지금 사는 동네로 도망치듯 이사 왔다.

  그 무렵 나는 이전보다 더 깊게 식물에 매료되기 시작했다. 그만큼 꽃시장을 제 집처럼 드나들었고 식물들은 순식간에 불어났다. 그리고 가드너가 된 후로는 처음 맞는 겨울이 찾아왔다. 겨울은 식물 애호가들이 가장 두려워하는 계절이다. 귀한 이파리들이 후드득 떨어지고, 뿌리는 제 기능을 하지 못한 채 멈춰 있거나 죽어버리기도 한다. 가을까지 풍성하게 자라던 식물들도 겨울바람에 마치 탈모를 겪는 듯 듬성듬성 볼품없는 모습으로 변하고 겨우 생명줄만 붙들어두고 유지하는 계절이 바로 겨울이다.

　　봄여름 동안 식물들을 데려올 때는 겨울이 없는 나라에 사는 사람처럼 신이 나서 데려왔지만, 겨울이 오자 거대한 난관에 봉착한 기분이었다. 식물들의 월동 준비는 생각보다 만만치 않았다. 테라스에 아무렇게나 널브러져 온종일 해를 보고 자라던 식물들을 그대로 두면 모두 얼어 죽고 말 추위가 시작된다. 화분 하나하나를 돌보고 닦으며 월동 준비를 시작한다. 분갈이나 흙갈이가 필요한 식물들은 일단 화분이나 흙을 바꿔주고서, 월동 온도가 높은 열대성 식물들부터 하나씩 집으로 들인다.

　　집에 들였다고 끝이 아니다. 각 식물의 크기와 빛의 필요에 따라 식물을 배치하기 시작한다. 어떤 식물은 빛이 최대한 많이 필요하고, 어떤 식물은 최소한의 빛으로도 살아남을 수 있기 때문이다. 이리저리 테트리스를 열심히 해보아도 도저히 빛을 보지 못하는 식물들이 너무 많다. 화려한 이파리를 자랑하는 칼라데아는 창문틀에 올려두기엔 너무 거대하다. 구멍과 갈기가 멋진 몬스테라는 어디에 두어도 존재감이 너무 커서 다른 식물들과 잘 어우러지기보다는 무조건 주인공이 되어버린다. 비교적 적은 볕으로도 살 수 있는 박쥐란은 바닥에 두자니 이파리가 너무 넓게 뻗어 있어서 다른 식물들의 이파리와 싸우는 꼴을 면치 못한다. 집에 있는 창이란 창은 모두 식물들이 차지했는데도 해를 보지 못하는 식물들이 수두룩했다.

고민 끝에 구입한 것은 '식물 성장등'이라는 묘한 전구. 식물등은 태양광처럼 강렬하지는 않지만 실내에서 모자란 빛을 보충해주는 고마운 존재다. 일반 전구는 몇 천 원이면 살 수 있지만 식물등은 2, 3만 원에서 시작해서 6, 7만 원짜리까지 가격이 꽤 비쌌다. 꼴랑 전구 하나에 지불하기엔 큰돈이다. 상품 상세 설명 페이지에는 이 전구가 얼마나 효과적인지, 평당 전구 몇 개가 필요한지에 대한 설명이 잔뜩 적혀 있었다. 일반 전구와는 다르게 살짝 핑크빛이 돌 수 있다는 설명도 있었지만 내 뇌는 이미 '이것을 사면 나의 식물들은 겨울을 무사히 보낼 수 있다'는 희망으로 가득 차서 성급히 결제 버튼을 누르고 있었다.

다음 날 식물등이 도착했다. 급한 마음에 우악스럽게 택배 상자를 뜯어서 얼른 전구를 잘 사용하지 않는 스탠드에 끼워보았다. 아뿔싸. 살짝 핑크빛이 돈다는 설명은 이 불빛의 색깔과 전혀 어울리지 않았다. 벚꽃이나 딸기 우유를 표현할 때라면야 '살짝 핑크빛'이라고 할 수 있겠지만 이 색깔은 뭐랄까… 불타는 노을 같기도 하고 손이 잘 안 가는 매니큐어 색깔 같기도 했다. 전혀 야리야리하고 살짝 핑크빛이 도는 정도의 채도가 아니었다.

아주 선명한 자주색. 그것은 바로 기억 저 멀리 어딘가에 존재하는 아파트에서 뿜어져 나오던 수상한 불빛의 색깔이었다. 망원동에 살던 시절 내가 수상하게 여긴 집의 주인은 식물 애호가였던 것이다! 식물 애호가답게 그는 빛과 바람이 잘 드나드는 창가에 식물들을 배치해두었을 테니 자줏빛 식물등도 창가 근처에 자리 잡았던 것인데, 이를 모르는 사람이 밖에서 보기엔 영락없이 수상해 보인 것. 도저히 맞는 곳이 없어서 기억 저편에 버려두었던 퍼즐이 하나로 맞춰지는 것 같은 순간이었다. 그 시절 그 식물 애호가에게 조금 미안한 마음이 들었다.

'제가 저 스스로의 미래를 보지 못하고 선생님을 의심했습니다. 죄송합니다.'

자줏빛 식물등을 잠시 지켜보니 심란함이 머리 꼭대기까지 차오른다. 이 불빛은 사람 눈에 편안하게 만들어진 불빛이 아니었다. 이런 조명을 켜두고 매일 밥을 먹고 영화를 보고 책을 읽고 요가를 하고 외출 준비를 한다는 건 불가능한 일처럼 느껴졌다.

식물등을 켜두면 식물들이 행복해진다고? 그래도 나의 행복 앞에 그들의 행복을 두고 싶지 않았다.

나는 내 집에 사는 식물들의 절대자였고, 그들은 오직 나의 행복을 위해 아름답게 존재해야만 한다. 나의 식물들이 인스타그램 피드에서 본 집에 사는 식물들처럼 완벽한 모양과 생기를 뿜어내길 원했다. 시선이 닿는 곳에 있는 모든 식물이 자연스럽고 적당하기를 바랐다. 자연광이 눈부시게 들어오는 거실에는 모로코산 수제 카펫이 깔려 있고, 멋들어진 벨벳 소파가 그 곁에 자리 잡고 있고, 그에 어울리는 식물들이 놓여 있는 모습을 상상했다.

물론 현실 세상 속 나의 집과 식물들은 인스타그램 속 그것들처럼 완벽한 존재가 아니다. 내 집은 거실의 반절에만 햇빛이 들어오고, 나는 벨벳 소파를 두기엔 순식간에 소파에 뭔가를 묻히고 마는 강아지와 함께 살고 있다(가장 무서운 점은 무얼 묻힌 건지 정체를 알 수 없다는 점.) 게다가 모로코산 수제 카펫 중 정말 마음에 드는 카펫들은 내가 정해둔 예산의 몇 곱절이나 되는 가격이란 것을 알게 되어 바로 마음을 접었다.

그렇게 겨울이 닥치고 식물들은 한껏 못난 모양새가 되기 시작했다. 이파리는 빠르게 변색되었고,

내가 원하는 크기보다 항상 조금 작거나, 크거나, 엉성했으며, 햇빛이 부족해서 생기가 사라지고 있었다. 겨울에 지쳐 시들어가는 식물들이 안쓰러운 상황인지라 일단 며칠 식물등을 켜둔 후 경과를 보고 저 불빛에 대한 판결을 내리기로 했다.

처음 하루이틀은 엄청나게 신경 쓰이던 색깔이 생각보다 금방 익숙해졌다. 식물등을 켜둔 지 일주일이 지나면서는 불빛이 훨씬 덜 거슬리게 되었다. 변화는 생각보다 금방 찾아왔다. 고작 자줏빛 전등을 며칠 켜두었을 뿐인데 추위에 시달리고 빛 부족에 시달리던 식물이 갑자기 새순을 올리기 시작했다. 푸석하던 이파리에는 다시 윤기가 돌고, 처져 있던 뿌리가 정신을 차리며 흙이 말랐다.

'이것이 빛의 마법이구나.'

일어나자마자 식물등을 켜두고 잠들기 직전까지 한 줌이라도 더 자주색 불빛을 식물들에게 보여주고 싶어졌다.

소비는 전구와 스탠드에서 끝나지 않았다. 식물의 순환 시스템을 위해 해가 나는 시간에만 불을 켜두는 게 좋다는 정보를 입수했다. 오직 식물등에만 의존해서 생활하는 실내의 식물들에게도 해가 뜨고 지는 하루의 사이클이 필요한 것이다. 내가 직접 매일 같은 시간에 불을 켜고 끄는 것은 불가능한 일이다. 한참 동안 시작하기 꺼렸던 스마트홈 시스템을 결국 시작했다. 흔한 로봇청소기도 안 쓰는 내가 스마트플러그를 구입해 온 집에 꽂아두고 아침 여섯 시엔 식물등이 켜지고 저녁 여섯 시엔 꺼지도록 세팅했다.

자주색 식물등이나 가습기, 에어서큘레이터, 스마트플러그 같은 것들은 자연스럽고 여유로운 식물 생활을 꿈꾸던 나의 계산과는 정반대 쪽에 있는 물건들이었다. 나의 취미는 분명 세상에서 가장 아날로그적인 것에 가까운데, 나는 이 취미 덕분에 가장 현대적인 것들을 받아들이기 시작했다. 이 전구 하나가 해내는 일들을 보니 자주색이 아니라 진보라색이거나 형광 노란색이었어도 켜두고 살았을 것 같은 기분이 들었다. 이제 익숙해질 대로 익숙해진 불빛은 별로 거슬리지도 않는다. 그 후로도 나는 식물등을 몇 개 더 들여와 켜두었고, 앞으로도 몇 개를 더 사야 할 것 같다.

식물등을 켜두고 잠시 편의점에 갔다가 돌아오는 길에 멀리서부터 내 집 창문을 올려다보는데, 여지없이 수상한 창문을 보며 풋 하고 웃음이 터진다. 세심하게 어느 집이 내 집인지 헤아려볼 필요가 없다. 선명한 자주색 빛이 창문으로 새어 나오는 집이 우리 집이다. 과거의 나 같은 누군가가 우리 집을 보며 수상하게 여기고 있을까? 저 집의 정체가 뭔지, 저 집에 사는 사람은 어떤 사람인지 자기만의 추론을 펼치기도 할까?

이제 어딘가 낯선 길을 걷다가 창문 밖으로 자줏빛 불빛이 흘러나오는 집을 발견하면 예전처럼 놀라거나 그 불빛의 정체를 궁금해하지 않는다. 그저 반가운 마음이 들 뿐.

'저 집에도 자기 행복보다 식물의 행복이 더 중요한 식물 애호가가 살고 있구나.'

나는 누가 봐도 수상한 자주색 불빛을 온 집 안에 켜두고 살지만 연금술사도 흑마법사도 아닌 보통의 평범한 식물 애호가다.

어렸을 때 가졌던 장래희망은 거창하고 변화무쌍했다. 어떤 날엔 동물원 사육사가 되고 싶었다가 바로 다음 날에는 판사가 되고 싶었던 적도 있다. 하루에도 열두 번씩 꿈이 바뀌던 어린 시절을 지나고 십대에 들어서면서부터 나의 장래희망은 늘 음악가였다. 그리고 착실하게 자라나서 음악가가 되었다. 첫 앨범을 세상에 내놓고 벌써 13년이나 지났다. 음악하는 사람으로 살면서 차곡차곡 쌓인 독을 풀어

없애려고 삶에 식물을 들였다. 그리고 이제 식물들로 인해 새로운 꿈이 생겼다. 바로 계속 식물을 키우는 음악가로 살면서 정원이 있는 남향의 단독주택을 짓는 것이다.

마당에는 유리온실을 짓는다. 그리 크지 않아도 괜찮지만, 통풍 창이나 흰색 철골 프레임에 특별히 신경을 써서 짓는다. 온실로 들어가는 문은 커다란 두 짝 여닫이문이 좋겠다. 작은 전구들로 온실 천장을 꾸민다. 밤이면 비밀스러운 숲의 한가운데에 앉아 있는 것 같은 기분이 들겠지. 방수 처리한 커다란 원목 테이블에 흙이며 가위며 화분이며 삽이며 마구 늘어놓는다. 라탄 의자도 두 개 놓아야지. 〈마담 프루스트의 비밀정원〉에서처럼 도란도란 식물들에 둘러싸여 대화를 나눌 수 있으면 좋겠다.

마당에서 유리온실을 제외한 공간은 텃밭으로 만들 것이다. 봄, 여름, 가을 동안은 제멋대로 자란 야채와 과일을 수확해 먹어야지. 집 안에 전면부와 천장 일부가 유리로 된 선룸을 지어서 음악을 크게 틀어놓고 그 안에서 온종일 식물들을 구경한다면 얼마나 행복할까. 식물들 한가운데에 야마하 그랜드 피아노가 한 대 자리 잡고 있으면 좋겠다. 층고를 높게 지어서 나의 관엽식물들이 천장에 닿을 걱정 없이 자라도록 둘 것이다. 천장이 높아지면서 피아노 소리도 더 풍부하게 들려오겠지.

상상만 해도 행복해지는 공기와 소리들이다. 남향의 단독주택에 대한 꿈은 어렸을 때 가졌던 꿈들에 비하면 매우 세속적이고 디테일하다. 이 모든 것을 서울에서 갖고 싶은 것이 가장 큰 문제지만, 일단은 상상하는 즐거움을 포기하지 말고 살자. 상상 속의 집에 살고 있는 나와 별개로 현실 속의 나는 보통의 채광과 층고의 집에 살면서 식물을 키운다는 게 어떤 것인지 매일 배워나간다.

사계절 몇 번을 가드너로 살아보니 이제는 내가 두고 싶은 자리에 식물을 두고 한껏 멋을 부리며 아주 자연스럽게 식물들을 건강하게 키울 수 없다는 사실을 인정하게 되었다. 습도가 떨어지는 가을부터는 가습기를 틀고, 한겨울에도 온종일 에어서큘레이터를 틀어가며 식물들에게 필요한 환경을 만들어 함께 살아간다. 식물 친구들은 나의 정성과 전기세의 협업으로 건강한 삶을 유지하고 있다. 잠시 식물등과 에어서큘레이터를 치우고 한껏 멋을 부린 채로 손님을 맞이하거나 사진을 찍을 수는 있지만, 그건 지속 가능한 식물 생활이 전혀 아니다.

'내 행복 앞에 식물의 행복을 둘 수 없지.'

그렇게 고고한 척하던 나였다. 그러나 지금의 나는 식물들의 건강과 행복이 나의 행복과 연결되어 있다는 사실을 안다. 상상 속 세상도 행복하지만 지금 나의 현실 세상도 좋다. 완벽한 유리온실은 없어도 수많은 식물 친구가 있어서 매일이 즐겁고 바쁘다. 내 꿈의 유리온실 속 나에게도, 현실의 나에게도, 식물 친구들은 없어서는 안 될 중요한 존재가 되었다.

예전의 나로 돌아가지 않아

잘 만들어진 식물원은 작고 완벽한 우주 같다. 밤하늘을 수놓는 별들 대신 한낮의 땅 위에 나무와 풀들이 빛난다. 잔잔하게 요동치는 호수는 은하수 같다. 조용히 그 우주를 구경하는 게 좋아서 어떤 도시를 여행하더라도 꼭 그 도시의 식물원을 찾아간다.

　나는 식물원을 좋아하지만, 비슷한 카테고리로 묶을 수 있는 동물원이나 수족관은 매우 싫어한다. 늘 싫어했던 건 아니다. 동물의 권리에 대한 감수성이 커지면서 천천히 동물원과 수족관의 존재가 불편해지고 있었다. 그러다 몇 년 전 동물원에서 정형행동을 하는 재규어를 보게 되었다. 재규어는 언덕 위 작은 우리 안에 홀로 남겨져 모서리에서 머리를 흔들며 끝도 없이 불안하게 왼쪽으로 두 발자국, 오른쪽으로 두 발자국 움직이고 있었다. 매우 힘들고 지쳐 보였지만 한순간도 멈추지 않고 같은 행동을 빠르게 반복했다.

　문득 그가 어딘가로 멀리멀리 달려본 적이 있을지 궁금했다. 자신이 바람처럼 빨리 달릴 수 있다는 사실을 알고 있을까? 빠르게 나무를 오르고 헤엄을 치며 사냥을 하고 자유롭게 살아온 생명이란 것이 느껴질까? 가슴속 아주 깊은 곳에서부터 차오르는 뜨거운 것이 있을까?

그의 우리는 아주 작았고, 이미 형편없어진 몰골로 정형행동을 하고 있어서인지 아무도 재규어에게 관심을 주지 않았다. 나도 이렇게 불행해 보이는 생명이 있다는 사실을 그냥 지나치고 싶었다. '아이고 안됐어라' 하고 스르륵 잊히는 마음이면 좋겠다고 생각했다. 돌보고 신경 쓰는 것이 많아질수록 삶은 복잡하고 피곤해진다. 내 머릿속은 이미 너저분하고, 품에 안고 있는 것들을 돌볼 에너지도 부족하다. 되도록 복잡하고 신경 쓰이는 것들에서 멀리 떨어지고 싶다.

그렇지만 집으로 돌아와서도 며칠 동안 문득문득 재규어가 떠올랐다. 밥을 먹다가도, 샤워를 하다가도, 재규어가 작은 우리 속에서 똑같이 왼쪽으로 두 발자국, 오른쪽으로 두 발자국 움직이며 머리를 불안하게 흔들고 있을까 생각했다. 아마도 그렇겠지. 계속 그렇게 살다가 작은 우리 안에서 죽겠지. 그날 이후 다시는 동물을 형편없는 환경에 가두어두는 곳에 가지 않겠다고 마음먹었다. 동물원과 수족관을 보이콧하고, 그 사실과 이유를 주변에 알렸다. 내가 할 수 있는 최소한의 행동이다.

그러면서 식물원이 더 많이 좋아졌다. 적당한 역사를 지닌 식물원에는 고요하고 기분 좋은 산책로

가 있고, 기대앉을 수 있는 나무 그늘이 있다. 온실에는 늘 덩치 큰 열대식물들이 기분 좋게 관람객들을 맞이한다. 그 넉넉함이 따뜻하고 사랑스럽다. 물이 흐르고 새가 지저귀고 습기를 가득 머금은 바람이 분다. 선인장이 모여 있는 공간은 다른 공간에 비해 묘한 고요함이 느껴진다. 거대 선인장과 붉은 모래 앞에서는 소리가 공기에 묻혀 흩어지기라도 하는 걸까, 바싹 마른 바람이 불어온다. 선인장은 통달한 표정으로 서서 관람객들을 굽어본다.

평일의 식물원을 찾는 사람들은 온화하다. 식물원 관람객들과 동물원 관람객들을 비교하면 분명 온도 차이가 있다. 일부 동물원 관람객들은 한껏 흥분해 동물들에게 풀을 뜯어 던지거나 큰소리로 말을 걸곤 한다. 펭귄이 물고기를 받아먹는 모습에 흥분해서 소리를 꺅 지르곤 한다. 펭귄 입장에서 괴롭기 짝이 없는 상황이다. 식물원에서는 어린아이들부터 노인들까지 모두 비교적 본연의 모습에 가깝게 행동한다. 식물들이 공기를 차분하게 하는 묘약이라도 내뿜는 것 같다.

물론 아직도 선인장 귀퉁이에 몰래 자기 이름을 새기는 몰지각한 사람들이 있다. 나는 늘 이런 이기심 앞에서 화가 난다. 누군지 밝혀 그자의 몸통에

'선인장'이라고 삐뚤삐뚤 문신을 새기고 싶은 마음이다. 인류란 뭘까? 모든 것을 해치고, 망가트리고, 과도하게 취하는 존재들일 뿐인데 어째서 인류가 지구의 주인인 양 모든 것을 다스리게 된 걸까. 나라도 최선을 다해 무해한 사람으로 살자고 생각한다.

아무도 모르게 나 홀로 진행하고 있는 프로젝트가 있다. 바로 '전 세계 온실에 다 가보기' 프로젝트. 온실이라는 단어를 참 좋아한다. 발음할 때 혀끝이 앞니에 닿는 기분도 좋고, 온실을 떠올릴 때마다 느껴지는 안온함이나 공기의 냄새, 습도 같은 것들이 좋다. 내 몸의 모든 감각이 온실의 공기를 만끽한다. 따뜻한 온도와 높은 습도의 유리온실에 들어서면 누구도 나를 해치지 못할 것 같은 기분이 든다. 안전한 기분이 든다. 안전할 수 있다는 사실은 매우 중요하다.

'전 세계 온실에 다 가보기' 프로젝트의 진행 상황은 매우 느리다. 나는 그래도 포기하지 않고 천천히 방문하는 도시의 온실들을 구경하는 편이다. 세상에는 정말 많은 종류의 식물들이 살고 있다. 같은 종의 식물이라도 다른 환경에서 조금씩 다른 모양으로 살아간다. 반대로 서로 다른 도시에서 다른 사람들에 의해 다르게 지어진 식물원일지라도 자세히 들여다보면 구성이 꽤 비슷하다는 점도 재밌다. 어떤 식물원을 찾든 몬스테라와 알로에들이 한자리씩 차지하고 있고, 온실에 들어서면 후끈한 온도와 습도에 외투를 벗게 된다.

닮은 구성 속에서도 식물원마다 특색이 있고, 식물원 관람이 즐거운 이유는 바로 이 디테일 때문이다. 식물원의 온도나 식물을 받치고 있는 흙의 종류가 조금만 달라도 식물은 각기 다른 모양으로 자란다. 언제 어떤 비료를 쓰는지, 물을 얼마나 주는지에 따라서도 이파리의 두께와 넓이가 다 다르게 결정되기 때문에 세상에 비슷한 식물은 있어도 같은 식물은 없다. 식물원지기가 어떤 모양으로 돌보는지 방향성과 색깔을 구경하는 게 식물원을 구경하는 숨은 재미다.

식물원의 정석 같은 런던의 큐가든에서부터, 관광지의 요소를 빠짐없이 갖춘 제주의 여미지 식물원이나 오래된 것들의 미학과 고요를 느낄 수 있는 홋카이도 식물원, 마곡에 이제 막 생겨나 아직은 나무도 풀도 다 어리고 작은 서울 식물원까지 식물원이라면 모조리 다 좋다.

새로운 식물을 하나 데려오는 것보다 더 근사한 일은 새로운 식물을 여럿 데려오는 것뿐. 식물원 구경은 나에게 이케아에서 완벽하게 연출된 쇼룸을 구경하는 것과 비슷하다. 모든 것이 완벽하게 제자리를 지키고 있는 이케아 쇼룸을 지나고 나서 매장에 들러 마음에 든 제품을 사듯, 식물원 관람을 마치고 나면 내가 원하는 식물들을 집으로 데려와야 한다. 식물원에 있는 식물들은 내가 소유할 수 없다. 그러나 꽃시장이 있다. 꽃시장에 가면 집으로 데려올 수 있는 식물들이 잔뜩 나를 매혹시켜서 심장 박동이 빨라진다.

꽃시장에는 생필품을 파는 시장에서는 잘 느끼기 어려운 종류의 여유로움이 있다. 나는 물건을 구입하려는 마음에 다가서다가도 적극적으로 권해 오면 스르륵 도망가는 사람인데 꽃시장에서는 그런 적극적인 호객 행위가 없어서인지 늘 고삐 풀린 망아지처럼 식물들을 사들이게 된다. '지나가는 길에 잠깐 들러 구경이나 할까' 하는 가벼운 마음으로 들어섰다가 양손 가득가득 식물을 데리고 돌아온 적이 여러 번이다.

몇 해 전 이사한 집의 테라스 한 귀퉁이에는 텃밭으로 쓸 수 있는 자투리 땅이 있었다. 작은 텃밭을 가지게 되자 나의 마음은 조금 귀엽게 들뜬 정도가 아니라, 100미터 전력 질주를 하듯 벌써 저만치 앞서나갔다. 식물 기르는 요령은 지금 알고 있는 것의 반의반도 모르던 시절이었다. 무얼 심을까, 무얼 길러 먹어볼까 고민하던 차에 직접 보고 결정하자 싶어서 무작정 종로 꽃시장을 찾았다. 평소엔 질서정연하고 종류가 다양한 식물들을 파는 양재 꽃시장을 훨씬 좋아하지만, 봄의 모종이나 묘목을 위해서라면 종로 꽃시장도 훌륭하다. 봄의 종로에서는 이곳이 진정 서울인가, 서울에 이렇게 많은 종류의 나무와 작물이 살아갈 공간이 존재하는가 궁금할 정도로 다양한 식물들이 저렴한 가격에 팔린다.

시장을 둘러보기 전 시장 초입에 자리 잡은 농약사에 들렀다. 처음엔 서울에 농약사가 있다는 사실만으로도 놀라웠다. 당장은 필요 없지만 널리 사용할 수 있다는 농약을 한 병 구비할 것이다. 그간 식물 기르기에 실패한 원인은 해충 피해였다. 벌레가 너무 싫어서 해충이 걷잡을 수 없이 들끓기 시작하면 쉽게 식물을 포기하고 쓰레기봉투에 버리곤 했다. 화분에서 생긴 벌레들이 다른 곳으로 옮겨 가 침대를 더럽히고, 나의 소중한 빈티지 코트를 갉아먹을 것만 같았다. 인터넷 쇼핑으로는 고독성 농약을 구입할 수 없으니 시장에 나온 김에 사두자. 준비를 단단히 해서 해충에게 지지 않으리.

나는 낯선 상황이나 낯선 사람이 겁난다. 농약을 파는 낯선 사람이라면 특히 더 겁이 난다. 처음 만나는 사람일 뿐 아니라 한 번도 상대해본 적 없는 계통의 일을 가진 사람이라 그렇다. 나는 가끔 집 앞 커피 가게를 두고 10분간 걸어 스타벅스에 간다. 그곳 커피가 집 가까운 가게의 커피보다 맛있어서가 아니다. 오직 아무와도 대화하지 않고 어플로 커피를 주문해 바로 찾아 올 수 있는 사이렌 오더가 가능하기 때문이다. 작은 커피 가게의 문을 열고 들어가서 주문하기까지의 순간을 피하고자 도합 20분을 걷는 것이 '뜨거운 아메리카노요' 한 문장 말하는 것보다 쉬운 날이 있다. 다행히 대부분의 날엔 스타벅스까지 걸어가지 않고도 커피를 해결하지만 말이다.

유감스럽게도 농약사에선 농약을 어플로 주문하고 그냥 받아오기만 할 수 없다. 그곳에서는 농기구도 함께 판매하고 있다. 팔뚝만 한 낫과 호미가 주렁주렁 걸려 있고 거무튀튀한 흙 포대들도 산더미처럼 쌓여 있다. 그 앞에서 한껏 당당한 척을 해보지만 사실은 가게의 겉모습에 기가 죽는다. 바깥은 신나는 봄인데, 다섯 걸음만 걸어 들어가면 봄 여름 가을 겨울, 어떤 계절도 아닌 다른 계절 같다.

살짝 긴장하고 들어선 농약사는 어둑하다. 오래

된 나무 선반에는 온갖 비비드한 색깔을 뿜내는 농약들이 요란하게 전시되어 있다. 달력을 찢은 뒷면에 축이 네모나고 짧둥한 매직으로 공들여 적은 농약 이름들이 보인다. 주인 어르신이 글씨를 참 고전적으로 잘 쓰시네. 시대극 세트장에 있을 법한 구닥다리 라디오에서 구성진 노랫가락까지 흘러나온다. 모든 것이 생소하고 신기하다. 내가 사는 일상과 괴리감이 엄청나다. 얼른 약을 사서 나가야겠다. 그러나 농약사 어르신은 내가 반갑지 않으신 모양.

나: 안녕하세요.

어르신: … (관심 없음)

나: 빅카드 있나요?

어르신: … (약간의 불신을 담은 눈빛으로 나를 뚫어져라 응시한다.)

나: 빅카드요….

어르신: 뭐에 쓸라고?

나: 혹시 몰라서 한 병 사놓을게요.

어르신: 땅이 몇 평인고?

나: 네?

어르신: 뭐를 키우는가?

나: …네?

고작 100밀리리터짜리 농약 한 병을 사려는 나에게 농약사 어르신은 지나치게 많은 질문을 퍼부었다. '초보에게 뭔가 가르치려고 하는 건가?' 머릿속에 수없이 물음표가 생긴다. 나는 어리둥절한 채로 계속 성실하게 대답한다. 결국 8천 원짜리 농약을 한 병 손에 쥐고 농약사를 나서는 내 등에 대고 어르신은 안전하게 쓰라고 한마디를 덧붙인다.

나중에 안 사실이지만 농약사에 오는 손님 중에는 자살할 요량으로 농약을 사 가는 사람이 있다고 한다. 하긴 한국 문학에서는 종종 농촌의 누군가가 실연을 당하고 농약을 마시고 자살을 기도하고는 하지. 21세기에도 농약은 자살 도구로 굳건하게 자리하고 있는 모양이다.

상황이 이러니 주인들은 낯선 손님에게 오지랖을 부려 슬쩍 떠보고, 아슬아슬해 보이는 사람에게는 판매를 거부하기도 한다. 개인에게는 꽤 빈번하게 판매를 거부한다던데 나에게 농약을 판 걸 보면 나는 그의 테스트를 통과한 걸까? 손님이 오면 의심부터 해야 하는 삶이라니, 농약사 주인으로 사는 삶도 괴로울 것 같다. 식물 가게들과 농약사와 잡화점이 뒤섞여 있는 길의 한가운데서 필요한 물건들을 조금 더 구입하고 본격적인 모종 고르기에 나선다.

다시 말하지만, 지금도 작물을 기르는 데는 고작 초보 티를 조금 벗어난 정도지만 그때는 아예 정말 아무것도 모르는 백지였다. 서울에서 나고 자란 터라 그저 머릿속 콘셉트로만 텃밭 가꾸기에 대해 알고 있었다. TV나 유튜브에서 본 텃밭 가꾸는 사람들 영상이 환상의 일부를 채웠고, 가끔 유기농 마켓을 찾으며 환상에 근사한 옷을 입혔다. 내 상상 속 텃밭 가꾸기엔 주머니가 커다란 앞치마와 멋스러운 밀짚모자가 필수다. 린넨 소재의 카멜색 앞치마가 좋을 것 같고, 헬렌 카민스키의 챙이 넓은 모자를 하나 사면 좋겠다. 가드닝용 가위를 들고 봄여름 동안 몇 번 텃밭을 오가기만 하면 어느 새 절로 작물들이 자라나 직접 재배한 채소를 먹을 수 있게 되는 마법 같은 일이 벌어질 줄 알았다. 어떤 모종을 얼마나 사면 좋을지, 작물들마다 어떤 기질을 가졌는지, 각 작물들이 다 자라나면 얼마나 커지는지 같은 필수 정보가 아무것도 없었다.

그런 채로 무작정 모종 쇼핑을 시작했다. 모종 가게 주인 어르신은 커다랗고 직사각형인 모종 받침을 나에게 건네고는 필요한 것들을 골라 담아 오라 하신다(그렇다. 그날은 온종일 대화 상대가 어르신들뿐인 오후였다.)

상추와 깻잎은 매번 사 먹을 때마다 너무 양이 많아서 반도 넘게 버리게 되니 직접 길러서 필요한 만큼만 싱싱하게 먹을 요량으로 넣자! 고추가 키우는 대로 잘 열린다던데 풋고추를 딱히 좋아하지는 않지만 그래도 고추 모종 하나! 오이! 오이를 집에서 키워서 따 먹을 수 있다니! 오이도 넣고, 방울토마토는 텃밭을 가꾸는 사람이라면 당연히 기본으로 심어야 되는 거고, 서울에서 여주 모종도 팔다니 너무 놀랍잖아! 내가 키운 여주로 고야 참푸르를 해 먹으면 얼마나 신날까! 앗, 저 익숙하게 생긴 이파리는 옥수수다! 옥수수는 다 자라면 멋있는 모양이니 두어 개 사야겠다. 봉숭아도 키워서 손톱에 봉숭아물을 들이면 얼마나 즐거울까! 하나로는 꽃이 부족할 수 있으니 두 개쯤 넣어야지!

광기에 휩싸여 이미 한 아름인 모종판에 바질, 고수, 루콜라까지 집어넣고 나서 이제 슬슬 쇼핑을 마무리할까 하는데, 조그마한 모종 하나가 눈에 들어왔으니, 바로 수박 모종이다. 수박 모종 하나에 700원. 매일 사 마시는 커피 한 잔 가격의 반의반도 안 될 정도로 저렴한데, 어떻게 키우는지 모르는 게 대수인가. 손가락만 한 수박 모종도 고민하지 않고 모종판에 담았다.

집에 와서 모종을 모두 풀어놓고 보니 아니나 다를까 너무 많이 샀다. 두어 평 크기는 되는 텃밭이어야 모두 심을 수 있을 양인데 내 텃밭은 겨우 가로세로 1미터 남짓이다. 대충 검색해보고 키가 많이 자랄 것 같은 작물들은 가장자리에 자리를 잡아 빼곡하게 다 심었다. 매일 아침 물을 주고 새순이 올라오는 것을 구경하는 게 즐거웠다. 그들에게 내가 꼭 필요하다는 기분이 소중하다.

초여름에 접어들면 작물들은 갑자기 속력을 내기 시작한다. 무성하게 자라는 루콜라와 상추는 먹는 속도가 자라는 속도를 따라가지 못하는 시점을 넘어선다. 오이와 고추도 제법 아기 오이와 아기 고추 같은 모양을 잡아가기 시작한다. 옥수수도 이미 담장 높이를 한참 넘어 혼자 삐죽하게 자라며 얄팍한 자루 속에서 알맹이를 키운다. 다들 땅이 좁아서 힘들 텐데 고맙게도 초보 가드너 손에서 제법 자라준다. 해와 비와 바람이 다 키웠으리라. 비가 올 때마다 모두들 쑥쑥 자라난다. 새로운 아침마다 새로운 얼굴을 보여준다.

천천히 키우는 자의 즐거움을 알게 되었다. 건강하게 자라나는 작물을 구경하는 것, 조심히 주먹만 한 수박을 들어보고 매일같이 그 무게를 가늠해

보는 행위 덕에 한층 가뿐하게 침대에서 빠져 나오게 되었다.

비가 많이 오는 날엔 걱정이 되어 같이 그 비를 맞으며 작은 채소들 곁을 지키고 서 있었다. 끝도 없이 자라나는 줄기들을 솎아주고 지지대를 세워 꼿꼿하게 자랄 수 있도록 도왔다. 그 덕에 얼굴에는 주근깨가 오르고 양팔은 새까맣게 탔다. 텃밭을 가꾸는 것은 예상했던 것보다 훨씬 손이 많이 가는 일이었다. 그렇지만 기대했던 것보다 훨씬 즐거운 일이기도 했다.

나는 이제 이 즐거움을 아는 사람이 되었다. 다시는 예전의 나로 돌아가지 않는다. 그때와 영영 다른 사람이 되었다. 예전의 나는 예전의 나로서, 지금의 나는 지금의 나로서 스스로를 사랑하고 혐오한다. 그 커다란 사실 자체는 변하지 않을 것이다. 옥수수를 심고 온 정성을 다해 길러 따 먹어봤다는 경험 때문에 외적으로 달라지는 것은 하나도 없다. 단지 수확 직후부터 빠르게 당도가 떨어진다는 옥수수를 최고로 맛있게 먹어보려고 물을 팔팔 끓여두고 테라스에 올라가 옥수수를 땄던 기억 그 자체가 즐겁고 사랑스럽다. 얼기설기 이빨 빠진 것처럼 엉성하게 자라준 옥수수 덕분에, 단맛이 하나도 없었지만 너무 기쁘게 베어 먹었던 수박 덕분에, 스스로를 혐오하는 어떤 밤에 그 혐오를, 나를 달래줄 고마운 카드가 한 장 더 생겼다.

열심히 죽이는 삶

매일같이 SNS에 자기 아이 사진을 여러 장씩 올리는 지인이 있다. 현실 세계에서 못 만난 지는 이미 10년이 넘었고, 인터넷으로만 지속되고 있는 관계. 그 관계의 지속성을 고민해본다. 현실 세계에서 한 번도 만난 적 없는 강아지나 고양이와는 쉽게 사랑에 빠지지만, 사람 아이에게는 쉽게 빠지지 않는다. 동식물에 앞에서는 쉽게 무장 해제되지만 인간에게는 낯을 가리게 되는 이상한 마음이다.

지인이 아이의 기저귀 사진을 찍어 올리던 날 결국 나는 마음을 굳게 먹을 수 있었다. 팔로우를 취소했다. 팔로우 취소는 내 피드의 적당한 온도와 가독성 그리고 나의 정신건강을 위해 꼭 필요한 조치였다. 아마 관계를 다시 엮어줄 대단한 사건이 생기지 않는 한 나와 그의 관계는 영영 끝이 난 것이리라. 버튼 하나를 누르면 끝나는 결정은 참 별일이 아니면서도 매우 별일이다. 인간관계는 어렵다. 아무런 외압도 끼어들지 않은 상태의 인간관계만으로도 충분히 어려운데, 디지털 시대의 인간관계는 더 복잡하고 어려워서 곤란한 순간이 있다.

인스타그램과 다르게 트위터에는 '뮤트'라는 평화로운 기능이 존재한다. 버튼을 누르면 상대방 모르게 상대의 트윗을 거를 수 있다. 현실 세계에서의 관계를 해치지 않고 스트레스도 받지 않을 수 있는 거룩한 버튼이다. 그러나 인스타그램엔 그런 자비가 없다. 팔로우 혹은 팔로우 취소, 단 두 가지 선택뿐. 인스타그램은 팔로우와 팔로우 취소 사이에 있는 수십 가지 감정들은 헤아리지 않는다. 가끔은 인스타그램에게 찌질한 마음도 이해받고 싶다. 디지털 시대를 살고 있는 어떤 인간의 실없는 바람.

그동안 그렇게 온도니 가독성이니 따박따박 따지던 내가 이제는 아기도 아니고 고양이도 아니고 강아지도 아니고 도마뱀이나 햄스터도 아닌, 식물 사진을 열심히 찍어서 올리고 있다.

새 이파리가 나기 시작하거나 오래된 이파리가 시들기 시작하면 식물 친구들은 시시각각 달라진다. 한두 시간 만에 달라지기도 하고 하루이틀 만에 달라지기도 한다. 어떤 식물들에겐 변화란 것이 정말 드물게 찾아온다. 줄기 속에 에너지를 조금씩 모으다가 어느 날 갑자기 용기를 내어 새순을 올리는 것 같은 느낌이다. 고개를 내미는 '뾰옥' 소리가 들려오는 것 같다. 역시 나는 그 귀한 변화의 순간들을 놓치고 싶지 않다.

연둣빛 새순이 올라오면 누군가에게 보여주고 싶고, 새순이 초록으로 변해가며 자리를 잡는 모습을 보면 전체적인 모양새를 기록해두고 싶다. 어떤 식물들은 이파리에 물방울이 맺히는 '일액현상'이라고 불리는 배수 현상을 보인다. 이는 식물이 수증기로 뿜어내거나 자라는 데 쓰고 남은 수분을 배출하는 현상이다. 일액현상을 발견할 때마다 커다란 이파리에 맺힌 물방울이 예뻐서 매번 호들갑을 떨며 사진을 찍어둔다. 이성적으로 생각하면 전혀 신기하거나 대단한 일이 아니다. 쓰고 남은 수분을 밖으로 버리는 아주 단순한 작동 원리다. 그렇지만 막상 내가 키우는 식물들이 뿌리에서부터 물을 끌어올려 이파리 끝에 영롱하게 맺은 방울을 구경하는 건 매번 이성보다 감성을 건드리는 일이다. 내 식물 친구들의 일액현상은 거의 내셔널 지오그래픽 감이다.

식물의 작은 변화를 사진으로 찍어두었다가 이것 좀 보라며 팔꿈치로 쿡쿡 찔러 주변 사람들에게 자꾸 보여주고 싶지만, 식물에 별 관심이 없는 지인들에게 내가 보여주는 사진은 그게 그것인 초록 사진 몇 장일 뿐일 것이다. 그럼에도 불구하고 예의상 던지는 칭찬이라도 들으면 기분이 좋아진다. 이것이 팔불출 부모들의 마음과 비슷할지도 모르겠다. 내 눈에만 보이는 내 식물의 변화를 함께 목격하고 그 경이로움을 나눌 친구들이 필요했다.

다행히 식물을 좋아하기 시작하면서 몇 년 동안 새로운 지인들이 생겼다. 서촌에 위치한 식물 가게를 찾은 날 나의 첫 번째 식물 지인이 나를 알아봤다. 그는 꽤 오래 우리 밴드의 음악을 들어왔다고 운을 떼며 메시지를 보내왔다. 그 무렵 나는 함께 식물 수다를 열심히 떨 누군가가 정말 절실하게 필요했다. 우리는 대나무가 가득한 카페에 마주 앉아서 한참 동안 대화를 나눴다. 남들에게는 전혀 흥미롭지 않을 이야기들로 테이블 위를 가득 채웠다. 흙이나 화분에 관한 이야기만 나누어도 즐겁다는 사실이 신기했다.

그와 나 사이의 뜨거운 공기는 대화 주제기 조금만 달라져도 금방 식어버린다. 그래서 나이나 종교, 정치적 색깔이나 가족사는 테이블 위에 올리지 않는다. 그래도 대화는 자연스럽게 이어진다. 이제까지 대인관계에서 상대방에 관한 디테일들로 선입견을 탑재한 채 모든 것을 시작한 게 실수였을까? 그렇지만 나의 정신건강을 위해서라면 최대한 조심하는 수밖에 없다. 식물과 흙에 대한 이야기만을 나누며 서로에게 주어진 시간을 모두 보낼 수 없으니까.

그런데 모든 종류의 식물 키우기에 통달한 것만 같은 그에게도 기르기 어려운 식물이 있다고 했다. 바로 '국민 식물' 아이비였다. 그냥 둬도 알아서 잘 살기로 유명한 식물인데, 그는 아이비 기르기가 그렇게 어렵다고 했다. 물을 많이 줘도 적게 줘도 잘 살고, 해가 많아도 적어도 그럭저럭 버티는 식물인데, 그는 이제까지 아이비를 죽이고 또 죽이기를 거듭했다고 한다. 어려운 식물들도 척척 잘 길러내는 그가 아이비를 못 키운다는 사실을 쉽게 이해할 수가 없었다. 그런데 정말 내가 키우던 아주 건강한 무늬 아이비를 한 줄기 잘라 뿌리를 내려 그에게 건넸는데 다음 번 만난 자리에서 그는 그 아이비도 죽고 말았다는 비보를 전해왔다.

'정말 세상에 쉬운 식물은 없구나.'

식물과 사람 사이에도 분명 궁합이 존재한다. 그러나 유감스럽게도 식물과의 궁합은 생년월일만으로는 알아볼 수 없다. 나에게 어떤 식물이 가장 잘 맞는지는 많이 키워보고 또 많이 죽여보며 알아가는 수밖에.

내 주변엔 식물을 죽일 때마다 낙담하고 식물에게 미안해하는, 마음 여린 사람들이 여럿 있다. 그와 대조적으로 나는 식물의 죽음에 비교적 무덤덤한 편이다. 물론 나도 같이 살아온 세월이 상대적으로 긴 식물이나 특별히 비싼 값을 치르고 데려온 식물의 죽음 앞에서는 속 쓰림을 경험한다. 하지만 슬퍼서 눈물을 흘리거나 죽은 식물에게 미안해서 그 식물이 들어 있던 화분을 비우지도 못하는 종류의 속 쓰림은 전혀 아니다. 그저 늘 존재하던 것이 사라진 상황에 대한 허전함이나, 공중분해된 돈에 대한 아까움 같은 종류의 쓰림일 뿐이다.

　나는 식물을 키우는 동안 열과 성을 다해 돌보고 애정을 쏟는다. 그러나 일단 식물이 '완벽하게' 죽었다는 사실을 인지하게 되면 바로 치우는 편이다. 여기서 완벽하게 죽었다는 건 줄기가 물러 고꾸라져 썩어버리고, 뿌리가 완전히 마른 상태를 말한다. 나는 이미 완벽하게 죽은 식물들을 두고 절대로 오래 아쉬워하지 않는다. 미련 없이 식물을 쓰레기봉투에 담아 버린다. 나에게 가장 중요한 것은 죽이지 않는 게 아니라, 살아 있을 동안 최선을 다하는 것이다.

　이미 죽었을 것 같은 모양을 하고 있어도 끝없이 강인한 생명력을 보여주는 식물들도 있다. 그래서 완벽한 죽음을 확인하기까지 여러 달이 걸리기도 한다. 특히 줄기가 목질화되어 나무처럼 자라나는 목본류들은 생사가 비밀스러운 경우가 많다. 삐쩍 마른 나뭇가지를 보며 화분을 엎을까, 그냥 둘까 하루에 열두 번도 넘게 고민한다. 그러다가 거의 가망이 없다고 생각했던 친구들이 봄기운과 함께 작은 기적을 낸다. 겨우내 살았는지 죽었는지 모른 채 화분을 애지중지 돌봤더니 봄에 연약한 싹눈을 틔워 살아 있음을 알리는 시퀀스는 세상에서 내가 가장 좋아하는 스토리 라인이다. 반대로 몇 달을 금이야 옥이야 돌봐도 결국 죽어버리고 마는 식물도 있다. 서운하다. 그렇지만 나는 나의 최선을 다했다. 그저 나의 최선이 식물의 생을 잇게 하기에 충분하지 못했을 뿐이다.

　식물의 삶이란 가끔 매우 끈질겨서 아름답다. 소리 없이 죽어가기도 하지만 비밀스럽게 다시 살아나기도 한다. 마른 나뭇가지에서 새순이 돋아나는 그 마법 같은 순간은 이미 죽었을지도 모르는 나무를 몇 개월씩이나 정성껏 돌보게 만들 정도로 중독적이다.

　마음에 드는 식물을 발견하면 충동적인 욕심에 곧장 집에 데려올 수 있지만, 이 세상에는 내가 제공할 수 있는 환경에서는 도저히 건강하게 살 수 없는 식물들이 많다. 여름에는 즐겁게 풍성하던 양치류들이 춥고 건조한 겨울을 견디지 못하고 마르기도 하고, 봄에는 행복해 보이던 제라늄들이 여름의 열기를 이기지 못하고 하루아침에 죽어버리기도 한다.

　식물이 죽는 데는 각기 다른 이유가 있지만, 완벽한 환경에서 아무 이유 없이 그냥 죽기로 결정하고 죽어버리는 식물도 있다. 가끔은 식물도 자살을 한다. 일단 죽기로 결정한 식물들은 이 세상의 어떤 비옥한 땅이나 금쪽같은 비료로도 살릴 수 없다.

　사람들이 대개 '쉬운 식물'이라고 여기는 것들에는 함정이 숨어 있다. 이런 식물을 두고 흔히 하는 말이 있다.

　"내 손에 들어오는 식물은 다 죽어. 난 선인장도 죽였어."

　이런 말을 하며 괴로워하는 사람들을 보면 나는 조금 애매한 기분에 빠지곤 한다. 일단 자기 손에 들어온 식물에 대해 조금이라도 알아보고 관심을 기울인다면 너무 빨리 죽어버리지는 않을 텐데, 혹시 죽었더라도 경험치라는 것이 쌓이게 되어서 다음 번에는 하루라도 더 오래 살릴 수 있을 텐데. 그리고 선인장은 절대로 쉬운 식물이 아닌데….

　사람들은 선인장이 쉽다고 생각한다. 한 달에 한 번 물을 주기만 하면 살아가는 식물, 해충 피해가 적고 별도의 대단한 돌봄이 필요하지 않은 식물이라는 인식이 강하게 박혀 있는 것 같다. 그렇지만 붉은 모래의 건조한 사막에서 온종일 온몸에 흠뻑 닿는 햇볕을 받고 살던 선인장을 사계절이 존재하는 나라에서 건강하고 단단하게 키운다는 것은 결코 만만한 일이 아니다. 한국의 폭염과 혹한을 모두 견딜 식물은 많지 않다. 사막에서 살던 식물들과 습한 늪지대에서 살던 식물들을 데려와서 건강하게 키우는 것은 모두 사람의 정성 어린 돌봄으로 이뤄내는 결과다.

'빛이 많이 없는 집에서 쉽게 키울 수 있는 식물이 있나요?'

언제부터인가 이런 질문도 종종 받는다. 사실 빛이 한 줄기도 들지 않는 집에서라도 식물등을 켜둘 의향만 있다면 생각보다 많은 종류의 식물을 키울 수 있다. 온종일 쨍쨍 내리쬐는 햇볕이 필요한 유칼립투스나 몇몇 침엽수를 제외한다면 관심과, 사랑과, 선풍기와, 식물등으로 충분히 자라날 수 있다.

나는 식물을 쉬운 식물과 어려운 식물로 분류하지 않는다. 유칼립투스는 어떤 사람에겐 가장 쉬운 식물일 수 있고, 어떤 사람에겐 아무리 도전해도 절대 살릴 수 없는 식물일 수 있기 때문이다. 꼭 식물들을 분류해야 한다면 나는 금방 죽어버리는 식물과 천천히 죽어주는 식물로 분류하는 쪽이다.

난생처음 식물을 키워보고 싶은데 집에 빛이

거의 안 든다는 친구에게 스투키를 추천한 적이 있다. 스투키는 내가 아는 식물 중 가장 쉽게 구할 수 있고 천천히 죽어주는 식물이기에 적어도 몇 개월은 죽지 않고 친구 곁을 지켜줄 것이다. 만약 친구의 돌봄이 형편없다면 몇 개월쯤 버티고 나서 서서히 한 줄기씩 죽어갈 테지만. 선인장도 스투키도 결코 쉬운 식물이 아니다. 그냥 다른 식물들에 비해 천천히 죽어주는 식물일 뿐이다.

가드너들 사이에는 선인장에 대한 유명한 이야기가 하나 있다. 누군가 선인장을 선물로 받았다고 한다. 그는 작은 선인장을 창가에 두고 매일같이 통풍을 시켜주고, 해를 보여줬다. 선인장은 잘 자라지 않았다. 아무리 열심히 보살펴도 제자리걸음이었다. 그래도 주인은 선인장의 느린 성장을 탓하지 않고 계속 돌보았다. 그러다 선인장과의 동거가 6개월쯤으로 접어든 때에야 그는 알게 되었다고 한다. 자기가 그동안 키운 선인장이 플라스틱으로 만들어진 모형이었음을 말이다.

이 이야기를 듣고 한참을 깔깔 웃었다. 사실 곰곰이 생각해보면 나에게도 일어날 수 있는 일일 것이다. 요즘에 조화가 얼마나 잘 나오는지 색감과 질감이 생화와 다를 바 없어서 깜짝깜짝 놀라곤 하니까. 좀 키워봤다는 내 눈에도 몇몇 조화들은 정말 감쪽같다. 생화와 비교해도 뒤지지 않을 만큼 아름답다. 가까이에서 만져보면서 온도와 촉감을 느끼고, 질감을 아주 열심히 들여다보아야만 비로소 생화가 아니라는 걸 인지할 수 있다. 워낙 퀄리티 높은 조화들이 생산되다 보니 선인장이 조화인지 모르고 반년을 키웠다는 사람 이야기가 이해된다. '세상 사람들! 요즘 조화가 이렇게 감쪽같아요!' 이렇게 소문을 내면서 몇몇 상업시설에 살고 있는 죽어가는 식물들을 구출해내고, 차라리 조화를 들이라고 권하고 싶은 기분이다.

　그도 그럴 것이 꽃과 풀이 사랑받기 시작하며 번화가의 여러 상업시설에서 식물을 찾아보기 쉬워졌다. 내가 자주 찾는 카페 중에는 아예 공간 한중간에 흙을 부어 화단을 만들고 거기에 거대 식물들을 키우는 곳도 있고, 바닥을 콘크리트로 메우지 않고 흙을 부어 풀과 나무를 키우는 곳들도 있다. 매우 힙하고 싱그러운 공간들임이 분명하다.

　그러나 유감스럽게도 식물 관리가 형편없는 곳들이 너무 많다. '질보다는 양'이라는 식으로 유행하는 식물들을 억지로 아무 곳에나 넣어두고 이파리가 마르든 뿌리가 썩든 신경 쓰지 않는 가게들이 많고,

그런 곳을 만날 때마다 괴롭다.

인테리어 디자이너인 지인에게 듣기로는 아예 인테리어에 들일 돈을 아끼고 대신 그 돈을 꾸준히 새로운 식물을 사들이는 데 쓰는 곳들도 있다고 한다. 미처 돈을 충분히 들이지 못한 벽을 가리는 용도로 식물이 사용되고 있다니! 식물이 일회용품 취급을 당하고 있다. 성성한 식물을 사 오면 아무리 환경이 나빠도 일주일 정도는 생기를 잃지 않고 버티겠지만 2주째에 접어들면 이파리가 상하고 후드득 떨어지기 시작할 테고, 3주차나 4주차에 영 볼품없는 모양이 되면 버려지는 사이클.

그런 곳에서 형편없이 전시되고 있는 식물들을 보면 애처롭다. 화원에서 열심히 자라났을 텐데, 비좁은 화분과 공간을 버티며 성체가 되었는데, 팔려 온 곳에서는 서서히 죽게 내버려두고 있구나. 커피가 아무리 맛있는 곳이라도 다시는 찾지 않는다. 다행히 그런 공간들은 보통 커피도 맛이 없다. 반대로 식물을 건강하게 잘 키워내는 공간들은 커피를 아주 잘한다. 돌보는 마음과 커피를 내리는 마음이 같은 것일까. 식물의 변화를 눈치채는 섬세함을 지닌 바리스타라면 핸드드립도 더 섬세하게 만드는 걸까? 그냥 단순히 이파리가 더 건강하고 통통한 식물을 키우는 카페의 커피가 더 맛있게 느껴지는 것일 수도 있다. 편안한 마음으로 마시는 커피가 제일 맛있는 법이니까.

　식물을 키우는 사람의 마음은 기대로 가득 차 있다. 내 식물의 내일이, 다음 주가, 다음 달이 기다려지는 마음으로 가득하다. 시작은 늘 단순하다. 식물 가게에서 마음에 드는 식물을 발견한다. 생기 넘치는 모습을 보니 마음속 어딘가가 차오른다. 위안이 되고 즐거움이 된다. 그 위안까지 집으로 고스란히 사 가져가고 싶다. 가격이 고작 몇 천 원이다. 별 고민 없이 구입한다. 돈을 썼으니 기분이 나아진다. 지갑은 가볍게, 양손은 무겁게 집에 돌아가는 길. 쉽게 기뻐지는 방법 중 하나다.

　기대와 즐거움을 안고 데려온 식물들은 계속 아름답고 건강하게 머무르지 않는다. 서서히 생기를 잃고 죽어버린다. 실망하게 된다. 그간 그 실망을 여러 번 반복해서 겪었다. 다시는 식물을 들이지 않겠다고 마음먹었다가 어느 볕 좋은 날 충동적으로 생기가 넘치는 식물을 또 사 오고 천천히 죽이기를 반복해왔다. 다행히 죽어간 식물들을 통해 매번 다른 배움을 얻는다. 그들이 나에게 남겨준 경험치 덕분에 점점 식물들을 오래도록 살릴 수 있게 되었다.

    지금 어딘가에서 누군가의 손에 열심히 죽고 있는 식물에게도 분명 이유가 있을 것이다. 그들은 분명 다음 번, 그다음 번 식물들을 키우기 위한 거름이 되어줄 것이다. 그래서 나는 식물이 죽어도 슬퍼하지 않기로 한다. 그 식물이 떠난 자리에 새로운 식물을 또 데려올 수 있으니까.

    정말 최선을 다해 열심히 죽였으니 또다시 최선을 다해 열심히 죽여봐야겠다. 이번에는 특별히 더 열심히 죽이고 또 죽이자.

씨앗부터 씨앗까지

씨앗을 보면 너무 궁금하다. 색색의 작은 동그라미 안에 웅크리고 있는 가능성들을 틔우고 싶다.

저 작은 씨앗은 알맹이가 꽉 찼을까? 아니면 빈 껍데기뿐인 쭉정이일까? 저 씨앗을 땅에 심으면 새싹이 올라올까? 아니면 몇 날 며칠 기대하고 기다리다가도 아무 소식이 없어 실망하게 될까? 흙에 심어야 하는 씨앗일까, 솜에 올려두고 발아하는 게 유리한 씨앗일까, 아니면 물에 넣고 싹을 틔워야 하는 씨앗일까? 혹시 운 좋게 싹이 오른다면 새싹은 어떻게 생겼을까? 무슨 색깔일까? 떡잎이 한 장일까 두 장일까, 아니면 세 장이나 네 장일까? 규칙적으로 이파리를 올리며 자라는 종류일까? 그냥 제멋대로 되는 대로 불규칙하게 자라는 종류일까? 줄기는 어떤 모양으로 자라날까? 키는 얼마나 클까? 1년 동안 정성 들여 키우면 몇 센티까지나 자랄까? 겨울에는 몇 도의 추위까지 견딜까? 얼굴에 바로 뜨겁게 쏟아지는 해를 좋아하는 식물일까, 아니면 한 번 걸러서 들어오는 밝은 빛을 좋아하는 식물일까? 원래 있던 이파리를 가르고 키가 크는 식물일까? 줄기가 먼저 자라면서 이파리를 올릴까? 꽃이 피는 식물일까? 열매를 맺는 식물일까? 그런데 혹시 강아지에게 해로운 식물은 아닐까?

궁금한 게 한도 끝도 없이 펼쳐져서 나는 자려고 누웠다가도 일어나 냉장고에 잠들어 있는 씨앗 봉투를 열고 조용히 씨앗들을 구경하곤 한다. 깨알보다도 작은 점같이 생긴 씨앗도 있고, 하얗고 투명하기까지 해서 눈으로는 잘 보이지 않는 씨앗도 있다. 몬스테라나 야자는 거대하게 자라나는 식물들만큼이나 씨앗도 큼직하고 동글동글하니 귀엽다. 겨우 손바닥만 한 씨앗 봉투 안에 그 모든 가능성이 잠들어 있다.

인터넷을 뒤져보고 식물도감을 열심히 들여다보아도 알 수 없는 것들을 씨앗들은 직접 보여준다. 지대한 애정과 관심이, 식물과의 교감이 나에게 제3의 눈을 뜨게 한 것 같다. 새싹을 보고, 빗물이 흙으로 스미는 소리를 듣는다. 초록의 냄새를 맡고, 허브를 뜯어 요리에 사용한다. 보송한 이파리들을 만지고, 공기의 기쁨을 느낀다. 식물과 함께하는 건 그렇게 육감이 충족되는 경험이다.

어떤 식물 애호가들은 식물의 씨앗 시절부터 자라는 모습을 구경하는 쪽을 즐기고, 다른 부류의 식물 애호가들은 완성되어 있는 식물을 데려다가 그 멋과 함께 사는 쪽을 즐긴다. 과거의 나는 확실히 완성된 식물을 좋아하는 쪽이었다. 작은 화분이나 덜

자란 새싹 같은 건 시시해 보였기 때문이다. 거실 한 편에 놓아두면 시원한 기분이 들게 해줄 커다랗고 멋진 화분을 하나 사고 싶었다. '들인다'거나 '데려 온다'는 단어는 떠오르지 않았다. 식물을 '사는' 행위가 좋았다.

커다란 식물이 사는 거실을 가진 사람이 된다면 어쩐지 스스로 쿨하고 어른스럽게 느껴질 것이라고 생각했다. 작업도 술술 풀릴 것 같은 기분이 들었다. 물론 진짜 그렇게 될지는 알 수 없었다. 'ㅇㅇ을 가지면 작업이 잘 될 거야' 하는 기분은 지금도 뭔가 사고 싶을 때 그 지출을 정당화하기 위해 내 뇌가 만들어내는 생각 중 하나이기도 하다.

아레카야자로 나의 첫 거대 화분을 결정했고, 야자 화분 하나만 두기에는 심심한가 싶어 고무나무도 함께 주문했다. 며칠 지나 커다란 고무나무 한 그루와 수형이 아주 멋진 아레카야자가 도착했다. 죽을 고비를 여러 번 넘기고 아직도 나와 함께 살고 있는 이 둘이 그동안 나의 경험치를 많이 높여주었다.

경험이 쌓이기 시작하면서부터 나는 점점 식물의 0부터 목격하고 싶어 하는 사람으로 변했다. 씨앗에서 새싹으로 어떻게 깨어나는지, 어떤 흙을 좋아하고 어떤 온도를 좋아하는지, 떡잎이 언제까지 버티다가 시드는지, 몇 번째 이파리부터 조금 어른 이파리 티가 나기 시작하는지를 모두 목격하고 나면 그제야 비로소 그 식물이 내 친구가 된 듯한 기분이 든다. 씨앗에서 시작한 식물에 다시 씨앗이 열리는 날엔 감격하게 된다.

자꾸 여러 가지 씨앗을 모아 심고 다시 또다시 그 위대하지만 고요한 여정을 시작하고 싶다. 가끔 뭣도 모르고 거대 화분들을 사들였던 과거의 내가 자다가도 일어나 씨앗을 구경하는 지금의 나를 만나면 얼마나 놀랄지 상상한다.

씨앗을 사 모으던 당시 나는 발아병도 앓고 있었다. 발아병이란 과일을 먹을 때마다 그 속에 숨어 있는 씨앗을 모아서 깨끗한 솜 위에 올려두고 모조리 발아를 시켜봐야 하는 병이다. 과일뿐 아니라 길가에 떨어진 사철나무 열매, 남천 열매도 주워 와서 곱게 흙에 심어두곤 한다. 아직 용기가 없어서 은행나무 씨앗은 주워 오지 못했다. '언젠가 비닐 장갑과 휴지를 들고 나가서 주워 와야지' 하는 생각만 3년째다. 행동으로 옮기려고 할 때마다 어디선가 고약한 냄새가 나는 것 같아서 관뒀다.

싸구려 인큐베이터처럼 생긴 발아판들이 주방 싱크대 위를 점령해서 프라이팬을 둘 곳이 마땅

치 않다. 레몬 씨앗, 블루베리 씨앗, 사과 씨앗, 오렌지 씨앗, 체리 씨앗… 집에서 먹은 과일의 씨앗들을 모조리 씻어서 나의 발아판에 모신다. 외과의사처럼 작은 블루베리 과실을 반으로 잘라 이쑤시개로 조심조심 씨앗을 빼내기도 하고, 공구의 힘을 빌려 체리 씨앗을 딱딱한 껍질에서 뽑아내기도 한다.

발아병에 걸린 나는 어디선가 아보카도를 발아해 키울 수 있다는 정보를 입수했다. 바로 다음 날 아보카도를 잔뜩 사 왔다. 둥그런 씨앗을 발아시켜보겠다고 매 끼니마다 아보카도를 질리도록 먹었다. 노릇하게 구운 데니시 식빵 위에 고다치즈와 계란을 얹은 아보카도 토스트로 아침을, 아보카도 명란 덮밥으로 점심을, 아보카도와 토마토를 썰고 으깨 만든 과카몰에 칠리를 곁들여 저녁을 챙겼다. 며칠간 비타민과 필수지방산이 몸속에 차곡차곡 입장했다.

아보카도를 자를 땐 세로로 길게 돌려가며 반으로 잘라서 칼에 힘을 주어 씨앗의 중간을 탁! 내리치고 칼을 비틀어 씨앗을 빼낸다. 이렇게 씨앗을 제거하면 과육이 다치지 않고 곱게 씨앗만 제거할 수 있다. 그렇지만 나에게 중요했던 건 과육이 아닌 씨앗인지라 씨앗에서 멀찌감치 숟가락을 넣고 살살 빼내어 씻고 발아에 사용한다.

아보카도 씨앗은 내가 발아시켜본 수많은 씨앗 중 가장 거대하다. 씨앗의 엉덩이 부분만 살짝 물에 넣어두어야 한다고 해서 플라스틱 컵, 이쑤시개, 나무젓가락 같은 물건들을 사용해 아보카도가 물에 완전히 잠기지 않도록 조치를 취한다. 열댓 개의 거대한 씨앗을 여러 통에 제각각인 모양으로 넣어두었더니 뿌리가 내리기를 기다린 몇 주 동안 주방이 마치 유치원생의 실험실 같았다.

하필 한겨울에 발아를 시도하느라 몇 번을 실패하고 결국 딱 하나의 씨앗이 반으로 갈라지기 시작하더니 뿌리를 내렸다. 뿌리가 자라나며 새싹을 틔우기에 흙에 옮겨 심어주었다. 그렇게 발아시킨 씨앗이 쑥쑥 자라 세 번의 겨울을 지나고 이제는 내 키보다 커다란 나무가 되었다.

아보카도 나무가 너무 자랑스러워서 집에 친구들이 놀러 올 때마다 자랑한다.

"얘는 원래 씨앗이었어. (엄지와 검지로 원을 만들며) 요만 한 씨앗이 몇 년 만에 이렇게 크게 자라난 거야. 너무 멋지지!"

식물 자랑을 할 때면 신이 나서 촐싹 맞은 성격이 나온다. 언젠가 아보카도 나무에 열매라도 맺히는 날이 오면 광화문에 현수막이라도 내걸 기세다

(슬프게도 아보카도 나무가 열매를 맺으려면 지금보다 더 크게 자라야 하는데, 겨울의 서울을 견딜 수 없는 나무라 층고가 어마어마하게 높은 집으로 이사를 가지 않는 이상 열매를 맺기는 어려울 것이다.)

내 냉장고 속에는 봄에 발아시켜주기를 기다리고 있는 새로운 씨앗들이 가득하다. 이건 마치 수천 개의 가능성을 남 몰래 지니고 살아가는 것 같은 기분인데, 다음 해 봄까지 무언가 기대할 것이 있는 상태로 살아갈 수 있다는 사실이 좋다. 이 세상의 모든 씨앗이 얼마나 근사한 가능성을 지녔는지 온 세상 사람이 다 알아야 할 텐데.

식물 친구들이 많이 늘고부터 나는 어서 다음 날 아침이 오기를 기다린다. 내일은 꽃봉오리가 열리겠지, 내일은 싹을 틔우겠지, 내일은 새순을 올리겠지 하는 마음으로 아침을 기다린다. 다음 날 아침을 기다리는 마음에서 한참 더 멀리까지도 기다리게 된다. 가을이 오면 텃밭에 작은 알뿌리 식물인 구근을 심어두고 봄을 기다린다. 몇 개월이나 기다려야 올라올 새순 때문에 땅을 파고 구근을 심는다. 구근을 심은 자리엔 튤립이 자라날 것이다. 줄기가 단단하게 올라오고 이윽고 색색의 꽃망울을 틔울 것이다. 히아신스와 수선화도 피어날 것이다. 그들이 봄을 더욱 봄답게 만들어줄 것이다.

운이 좋으면 올해엔 유럽 겹작약도 필 것 같다. 재작년에 겹작약 뿌리를 사다 심었는데 두어 해를 보내고 나서야 제대로 된 꽃을 볼 수 있을 거라고 한다. 별다른 계획을 세우지 않고 그저 지금을 살아가는 내가 무슨 자신감으로 몇 년을 기다려야 꽃을 볼 수 있는 뿌리를 몇 만 원씩 주고 사다 심은 것일까. 식물들은 스스로 전혀 예상하지 못했던 행동들을 할 수 있게 만든다. 다른 일이었다면 한참을 망설였을 텐데, 숙근(여러해살이 뿌리)을 사 오는 데는 망설임이 없다. 그저 기뻐서 덥석 집어왔다. 어디 있었는지 모를 용기가 솟아났다.

가을부터 겨울까지는 씨앗을 뿌리기에 좋은 계절이 아니다. 억지로 씨앗을 심어두고 따뜻하게 관리하려 해봤자 봄에 틔운 새싹처럼 건강하게 키우기 어렵다. 힘든 것을 다 알면서도 자꾸 귀한 씨앗들을 뿌리고 실패하거나 포기하기를 반복한다. 성패와 상관없이 씨앗을 심고 싶을 때 심어야 하는 건 어쩜 이리 인생이랑 닮았는지. 그냥 쉽게 가는 법이 없다. 올바른 때에 올바른 결정만 내리며 살 수는 없다. 가끔은 실패가 훤히 보여도 시작하는 수밖에 없다.

봄의 밝은 기운을 괴로워하던 내가 봄을 기다

리는 사람으로 바뀌어간다. 기다리는 것들이 생기니 삶이 전처럼 허무함만으로 가득 차 있다고 느껴지지는 않는다. 주문에 걸린 것처럼 묘하게 가볍게 움직이게 되고, 귀찮은 일들을 척척 해낸다. 식물을 제때 돌보는 단순한 미션이 나를 자꾸 더 삶에 정 붙이게 만든다. 냉소적으로 흘려보낼 것들을 하나하나 찬찬히 돌보게 된다. 어느덧 나의 염세적인 부분들이 햇살에 녹아 땅속으로 사라져간다. 자꾸 씻겨 사라져가도 아직 충분히 남아 있지만 말이다. 이제 내 삶엔 허무와 식물이 함께 공존한다.

사람을 계속 살고 싶게 만드는 힘은 무엇일까. 나는 가끔 사라지는 상상을 한다. 어느 날 갑자기 내가 흔적도 없이 사라진다면 나의 세상엔 어떤 일이 일어날까? 내가 사랑하는 식물 친구들에게는 어떤 일이 일어날까? 수형이 멋진 커다란 식물들은 주변 사람들이 나눠 가질까? 작고 볼품없는 식물들은 어떻게 될까? 그러고서 생각한다.

'아무도 가지고 싶어 하지 않을 못나고 비실비실한 나의 고사리들한테 물을 줘야 하니 내일도 모레도 살자.'

이제 나의 세상은 나 혼자가 아니다. 여기는 노래와 햇빛과 계절로, 풀과 꽃으로 가득 차 있다.

내가 사라지면 함께 사라져버릴 연약한 식물들. 삶 속에 어떤 존재든 사람을 계속 살아가게 만들어주는, 계속 앞날을 기대하게 만들어주는 존재들에 기댄다. 나를 포기하지 않을 수 있도록 힘을 보태준다. 나는 나로서 더 강해지고 단단해진다.

이제껏 나는 기대와 실망이 반복되는 삶에 지쳐 있었다. 불필요한 감정을 소모하지 않으려고 방어기제를 쌓아두고 염세적인 태도로 살아왔다. 별다른 다짐 없이 어영부영 살아지는 안락함을 좋아했다. 기대하지 않고 실망도 하지 않는 쪽이 훨씬 편하다. 그런 염세적인 삶의 태도를 유지하려면 무엇도 쉽게 좋아하지 말았어야 했다.

그렇지만 식물들이 마음에 드나들기 시작하면서 높게 쌓아둔 방어벽이 무너졌다. 이제 벽 뒤에 숨어 지내던 시절을 모두 지나왔다. 좋은 것을 더 오래 보고 싶고, 귀한 것을 더 아끼고 싶다. 심장을 뛰게 하는 것들에 귀를 기울이고, 슬플 때는 슬픔을 느끼고, 괴로울 때는 주변에 조금 부담이 될 정도로 기대고 싶다.

매일 기다려지는 것들이 있기에 아침에 일어나자마자 옷을 대충 챙겨 입은 채로 테라스에 나가 식물들 곁에 한참을 앉아 구경하는 삶이 지금의 나를 충족시키는 삶이다. 온 세상을 통틀어 나만 알아볼 수 있는 내 식물들의 미묘한 표정을 놓치지 않고 목격하고 싶다. 이런 욕심은 결국 삶에 대한 욕심으로 이어지기도 한다. 건강한 욕심이 주는 에너지가 고맙다.

열심히 돌봐도 식물이 죽고 또 죽으면 또 데려오면 된다. 언제나 더 풍부한 경험치를 가지고 다시 시작할 수 있다. 새로운 식물에 대해 열심히 공부하고 최선을 다해 돌보면 된다.

짧은 글에 익숙하던 내가 책을 쓰기로 마음먹고 드디어 마지막 장을 쓰고 있다. 노래 가사를 쓸 때는 보통 백 단어 안팎을 쓴다. 이 책에는 이미 수만 단어가 쓰여 있다. 글을 쓰기 시작한 초반에는 몇 주 동안이나 글쓰기에 실패했다. 쓰고 버리고 한참 반복하다 보니 '내가 책을 낸다는 것의 무게를 잘 모르고 괜히 이 제안을 수락한 것이 아닌가' 하는 자괴감에 빠지기도 했다. 이제 와서 이 책의 마지막까지 읽어주신 독자들에게 고백하건대, 사실 고심하며 머리를 쥐어뜯던 시기에는 출판사에 '정말 죄송합니다'로 시작하는 기나긴 사죄의 이메일을 쓰고 계약금을 반납하는 상상을 매일같이 했다.

　　그러나 고통으로부터 도망가는 스스로의 기질을 아주 잘 아는 과거의 나는 『아무튼, 식물』을 쓰고 있다는 사실을 이미 여러 군데에 발설해버렸다. 이미 돌이키긴 늦었다. 천만다행으로 일단 갈피가 잡히기 시작하니 긴 글을 쓰는 일이 즐거워졌다. 자다가도 일어나서 노트북을 켰다. 진심으로 즐겁고 설레는 일들만 자다가 깨어나 침대에서 하게 되는데, 어느새 글을 쓰는 일도 그런 일이 되어 있었다. 내 인생 처음으로 글쓰기에만 전념했던 시간들이 끝나가고 있다. 서운함이 밀려온다. 여기까지 온 것을 보니 출판사에 사죄의 이메일을 보낼 필요는 없을 것 같다. 그리고 나는 나 스스로를 더 믿어주기로 한다. 열심히 고민해서 하기로 결정한 일은 조금 고될지라도 결국엔 내가 즐겁게 해낼 수 있는 일이다(안도의 한숨.)

　　나는 지금 과도기를 겪고 있다. 내 삶에는 변화가 찾아오고 있다. 나를 비롯한 내 주위의 모든 것이 천천히 움직이고 있다. 무엇이 어디에 가닿을지는 아직 모른다. 어떤 소중한 것이 날카로운 것에 찔려 터져버릴 수도 있을 것이고, 천천히 떠다니다가

둔탁한 곳에 퍽! 하고 부딪혀 한참 동안 움직이지 못하게 될 수도 있다. 혹은 아무런 일도 일어나지 않고 각자의 자리를 찾을 수도 있다. 어느 쪽이든 변화는 끔찍하게 무섭고 겁이 난다.

그러나 살면서 언제 과도기가 아닌 적이 있었나. 삶의 모든 순간은 과도기였고, 위기였다. 쉽게 주어지는 것은 아무것도 없었고 열심히 노력해서 겨우 손아귀에 들어온 것들도 눈 깜빡할 사이에 사라지곤 했다.

어떤 일이 일어나 모든 것이 산산조각 나더라도, 다시 천천히 채우면 된다. 흩어진 것들을 모으며 살아가면 된다. 적당한 날의 아침에 식물들에게 물을 주는 일상만 놓지 않으면 된다. 바로 앞에 주어진 것들부터 하나씩 차근차근 해나가면 된다.

지금 내가 겪는 이 변화가 좋은 변화인지 아닌지 지금은 알 수 없다. 한참을 더 살아봐야 비로소 느껴질 것이다.

식물도 나도 완벽한 어둠 속에선 살 수 없다. 해를 별로 좋아하지 않을 것 같은 음지식물에게조차 빛이 필요하다. 빛이 부족한 식물들은 볼품없이 키만 쭉 키워 웃자라는 한이 있어도 빛을 향해 한껏 몸을 뻗는다.

커튼을 걷는다. 창문을 연다. 정체되어 있던 공기를 바꾸고 밝은 해가 비치는 바깥을 바라본다. 식물 친구들이 나에게 함께 살자고 한다.

나를 만든 세계, 내가 만든 세계
'아무튼'은 나에게 기쁨이자 즐거움이 되는,
생각만 해도 좋은 한 가지를 담은 에세이 시리즈입니다.
위고, **제철소**, **코난북스**, 세 출판사가 함께 펴냅니다.

아무튼, 식물

1판 1쇄 발행 2019년 3월 22일
1판 14쇄 발행 2023년 11월 15일
지은이 임이랑
펴낸이 이정규
펴낸곳 코난북스
출판등록 제2013-000275호
전화 070-7620-0369
팩스 0505-330-1020

conanpress@gmail.com
conanbooks.com
facebook.com/conanpress

ISBN 979-11-88605-07-1 02810

이 도서의 국립중앙도서관 출판예정도서목록(CIP)은
서지정보유통지원시스템 홈페이지(http://seoji.nl.go.kr)와
국가자료공동목록시스템(http://www.nl.go.kr/kolisnet)에서
이용하실 수 있습니다.(CIP제어번호: CIP2019009133)